Kleine · Das alleinerziehende Kind

Anette Kleine

Das alleinerziehende Kind

Wie man selbst aus Eltern noch was machen kann

Mosaik

Illustrationen:
Angela Hopf
Geringfügige Mitarbeit am Text:
Andreas Hopf

Umschlaggestaltung: Design Team München
Satz: Filmsatz Schröter GmbH, München
Druck und Bindung: Clausen & Bosse, Leck
Printed in Germany
ISBN 3-576-11326-6

Inhalt

Dein ist mein ganzes Herz!

Warum Eltern der Erziehung bedürfen

– EINE RÜCKSICHTSVOLLE EINSTIMMUNG

Seit den Tagen des Neandertalers sind Eltern immer gleichgeblieben, und sie haben von alters her nur eins im Sinn: daß du ein ordentlicher Neandertaler wirst wie sie.

Die Spezies Eltern verkörpert ja auf geheimnisvolle Weise die ganze Vergangenheit des Menschengeschlechts. Das erkennst du schon daran, daß sie dich als Sinnbild, Inbild, gar als Garanten ihrer Zukunft ansehen. Daß dies mit einer Unmenge von Vorurteilen, Einbildungen und Ideen über dich einhergeht, möchte ich lieber verschweigen. Sie setzen sogar auf dich, wenn sie das Land mit einer sozialen Hängematte überziehen. Na, und wer wird sich da wohl reinlegen?

Und mach dir keine falschen Hoffnungen: Dein neuer Computer ist spätestens nach zwei Jahren völlig veraltet – wie sollen da deine Eltern achtzehn Jahre und länger zeitgemäß bleiben.

Dabei sind Eltern ein Versprechen in die Zukunft: Sie halten sie dir als Stöckchen hin. Nun hüpf du auch ruhig darüber. Das Leben ist ein Kinderspiel!

Du kannst nicht entscheiden, bei welchen Eltern du das Licht der Welt erblickst, du hast es einfach nicht in der Hand. Ein Wagnis, klar. Denn kein Quentchen vermagst du zu ändern - ob sie reich sind oder arm, lieb oder eher garstig, interessiert, desinteressiert, Turtler oder Streithanseln und -greteln, Neugierige oder Leute mit vorgefaßten Meinungen. Ah ja, doch - zu ihrer Armut vermagst du sehr wohl einiges beizutragen.
Bei alledem verfügen sie auch nicht darüber, was du für eine oder für einer wirst. Von Anbeginn mußt du deine Wünsche mäßigen und deine Idealbilder der Wirklichkeit anpassen. Du solltest nur herausfinden, wes Geistes Kinder sie sind.
Eltern scheinen, wenn du sie kennenlernst, irgendwie vorgeformt und unerklärliche Wesenszüge einfach mitzubringen. Es bleibt dir nichts, als das hinzunehmen. Nur solltest du ihnen die Chance geben, die Eigenart ihrer Persönlichkeit in der Weise zu entwickeln, daß *du* dich bestmöglich entfaltest.
Sieh es auch mal so: Deine Eltern könnten eine Art Vorwort für dich sein - erziehst du sie jedoch nicht oder falsch, hast du da gleich ein Schlußkapitel. Und das wär doch ein Jammer.

Warum aber lassen wir unsere Eltern nicht einfach so wie sie sind?

Wird mal Spitzensportler

Es ist die einzigartige Hilflosigkeit frischgebackener Eltern, die ihre Erziehung zu einer - das müßt ihr mir glauben - ethischen Pflicht macht.
Als erstes gucken sie bei dir, ob *alles dran* ist. Dein Interesse wird sich darauf richten herauszufinden, was *alles drin* ist bei ihnen oder was so drin sein könnte. Das ist der Schlüssel zur Psychologie der Eltern - den Platz in ihrem Kopf mußt du einnehmen. Das wird dir nicht schwerfallen, denn die Leere in den Gehirnen von Anfängereltern füllt sich ganz von allein mit dir.
Im Verlauf unserer ersten Jahre denken wir viel zu viel darüber nach, was unseren Eltern fehlt, und wir lassen womöglich außer acht, wie vielfältig ihre Entwicklungsmöglichkeiten sein könnten, wenn sie sich bloß um etwas anderes kümmern wollten als ausgerechnet immer um uns.
Alle Eltern haben in ihrem Verhalten etwas gemeinsam: ihre Sorge und, wie sie sich einbilden, ihre Verantwortung. Freilich leiten sie daraus eine Unmenge von Benimmregeln ab, erfinden überdies einen gewaltigen Katalog von Pflichten - die aber allesamt nur für dich gelten sollen.
So entsteht unverhofft eine eigentümliche Automatik - die einen dürsten unablässig nach Freiheit, die anderen verstellen die Wege dahin mit zahllosen Forderungen und familiären Banden. Und es

sieht nicht so aus, als könne dazwischen irgendwas Gleichberechtigtes gelten.
Eltern haben den angeborenen Trieb, dein Leben zu regieren. Wie viele Zugeständnisse sollen wir ihnen also machen? Und welche?
Das ist eine schwierige praktische Frage. Außerdem sind sie trotz allem in gewisser Hinsicht doch Individuen. Sie haben auch verschiedene Temperamente. Es macht nicht viel Sinn, herrschsüchtigen Vätern wutknüppelig, also ähnlich unbeherrscht

zu kommen. Und bei greinerlichen Müttern bewirkt man mit Jaultönen wenig.

Für jedes Alter gilt indessen: Du kannst feste Pläne machen und Regeln ausloben oder die Regellosigkeit zum freudvollen Prinzip erheben. Eltern lieben durchaus beides, die strengen Vorgaben und das wunderbar kreative Chaos - auch wenn sie das niemals zugeben würden.

Da sie ihre Aufgabe darin sehen, *dich* zu erziehen, zu einer eigenständigen Persönlichkeit, wie es so schön heißt, aber genau das, je älter du wirst, immer weniger aushalten können - deshalb findest du allerorten reichlich verwirrte Eltern. Und da bist *du* nun gefragt. Mit deinem Führungsanspruch.

Eltern sind immer schwierig, weil sie dich in eine Welt erst hereinziehen, später dann hinausschicken. Es ist die Welt der Erwachsenen, deren Regeln sie allein kennen und verstehen, weil sie sie extra so gemacht haben. Meist nennen sie das schönfärberisch Kultur, deren Techniken du sogleich zu erlernen hast.

Als Keimzelle dieser Kultur wird seit jeher die Familie gesehen, wozu freilich auch Einzelmütter und Einzelväter zählen. Die Familie wiederum vermittelt die alten Traditionen, die Mythen, Märchen, Geschichten, aber sie schafft auch neue Werte. Beispielsweise dich. Die Krone der Schöpfung. Seine

Majestät, das Kind. Ein Spiel, gewiß, aber das Königsspiel. Merk dir also: Es geht bei der ganzen Chose ausschließlich um dich.

Nun ist die Kindheit in der Regel eine komplizierte Sache. Sie kann lange dauern oder kürzer. Mancher Piepmatz flieht sein Nest kurz nach dem Schlüpfen, um ein Bild aus der Natur zu nehmen. Und manche Eltern oder Elternteile verkrümeln sich auf oft rätselhafte Weise, um einen Blick in die pralle Lebenswirklichkeit zu werfen. Es könnte auch, das bleibt gar nicht aus, der Augenblick kommen, da man sich selber wünscht, ein Waisenkind zu sein.
Es ist also durchaus nicht selbstverständlich, daß eine Generationenkultur entsteht, das heißt, gewissermaßen eine Serie, daily comedy oder wie immer. Wer noch keine großen Erfahrungen mit dem deutschen Familienleben hat, kann sich dieses getrost wie in der *Lindenstraße* vorstellen: Da tummeln sich Grantlhuber und Bösewichte genauso wie weichherzige Muttertiere, neugierige Detektive, kratzbürstige Geschwister, merkwürdige Onkel Doktoren, eine generalsmäßig schnarrende Hausmeisterin, aufmüpfige Kinder und doofe Erwachsene aller Altersstufen, und der griechische Wirt serviert allen ein multikulturelles Bier dazu. Das al-

les, also die reinste Harmonie, hat man in seinen ein bis zwei Eltern und deren Umfeld: den Normalfall. Echte Durchschnittseltern gibt es allerdings nicht. Die Natur verabscheut Gleichmacherei. Es kommen nur solche und wieder solche vor. Und du mußt sie individuell erziehen.

Du wirst schnell darauf kommen, daß das Hauptproblem der Eltern ihre mangelnde Reife ist. Doch in kleinen Lernschritten kannst du ihnen beibringen, den Erfordernissen *deiner* Welt einigermaßen zu entsprechen.
So sollst du auch meine zahlreichen Tips und Ratschläge verstehen - es sind ja nur Vorschläge. Und es hindert dich niemand daran, sie anders zu kombinieren oder in verschiedenen Altersphasen überraschend anzuwenden - das hält deine Eltern auf Trab.
Ich kann in diesem Buch natürlich nicht auf die jeweils besonderen Gegebenheiten bei Jungen und Mädchen eingehen. Darauf kommt es auch gar nicht an. Es dreht sich schließlich um die Erziehung der Eltern. Und auch zwischen ihnen differenziere ich nicht besonders, weil sie sich in ihren Rollen Kindern gegenüber durch nichts unterscheiden.
Die Persönlichkeit deiner Eltern ist das Ergebnis eines langjährigen Wachstums. Wenn man dem nicht

Passt!

hie und da Grenzen setzt, entsteht daraus ein Wildwuchs, ja, genau, Kraut und Rüben!
Älter werden heißt unbedingt klüger werden, nur auf deine Eltern trifft das nicht zu. Zwar haben auch sie bestimmte Entwicklungsstufen, Reifegrade, egal, wie du's nennst. Sie glauben freilich ausschließlich ans Kalenderalter. Da gerätst du natürlich leicht ins Hintertreffen.
Alles in allem kann man nicht verhindern, daß man alt wird. Wohl aber kann man verhindern, daß dies mit schlechter Laune einhergeht.
Aus diesen Gründen habe ich mein Buch grob nach den Lebensabschnitten geordnet, damit du auch

besser überprüfen kannst, ob hier alles mit rechten Dingen zugeht.

Eltern zu erziehen ist eine Aufgabe, die nimmer endet, während du mit achtzehn, spätestens wenn du selber Kinder bekommst, einigermaßen perfekt bist. Doch dann, vergiß das nicht, müssen deine Kinder dich erziehen.
Das nennt man einen Generationenvertrag.

Das Tip-Top-Tappel-Alter

ODER AUF EIGENEN BEINCHEN DURCHS HERRLICHE CHAOS

Dein erster Geburtstag wird ein aufregendes Erlebnis sein. Gemeinhin wird dabei ein Licht entzündet, das du - Vorsicht, Vorsicht, jaah - sogleich wieder auspusten mußt. Außerdem bekommst du von Tante Erna dieses pädagogisch astreine Holzspielzeug. Mit all dem Brimborium sollst du davon abgelenkt werden, daß eigentlich jeder Tag deines Lebens Geburtstag ist - und *du* bist das Geschenk, die Überraschung für sie. Feiere also die Tage.

Als ziemlich Neugeborenes erlebst du die Welt als ein riesiges, buntes und brummelndes Durcheinander, und du mußt sehen, wie du damit klarkommst. Und wenn du später dann diese chaotische Welt in deinem Zimmer neu erfindest, müssen deine Eltern sehen, wie sie damit klarkommen. So gleicht sich manches auf die Dauer aus.

Am Anfang verfügst du noch nicht über so viele Möglichkeiten, auf deine Eltern erzieherisch einzuwirken. Die Welt der Erwachsenen scheint zuerst nur aus Händen zu bestehen, die jäh auf dich

ICH bin Deine
Geburtstagsüber-
raschung!

zuschießen, dich packen und wegtragen, die Kille-kille machen, dein Mäulchen und meistens auch sich selbst mit Bananenmus beschmieren oder mit jenem gräßlichen, unaussprechlichen grünen Brei, den sie dir niemals ohne ein »Hmm, das ist aber lecker und gesund« einflößen.

Diese geheimnisvollen Hände geben dir unentwegt Dinge und nehmen sie auf die gleiche rätselhafte Weise wieder fort. Sie pellen dich aus und stecken dich ins Wasser - was ja meist sehr lustig ist, denn die Angelegenheit geht mit reichlich Kinderquietschen und Elterngestöhn einher, weil du strampelst und ringsumher alles naß wird. Anschließend trocknen und cremen dich diese Hände, kommen mit der Puderquaste, daß es nur so staubt. Dann ziehen sie dich wieder an und legen dich ebenso unverhofft weg.

Ja, Hände sind komisch, aber irgendwie mummelig. Und bald dämmert dir, daß an diesen Händen Menschen hängen, die längst nicht so sicher, aktiv und zielstrebig sind, wie ihre Hände vorgeben.

Da streckst du natürlich deine Händchen nach ihnen aus und strahlst. Selbstverständlich nähern sie sich mit ihren spitzen Nasen, und du packst zu und ziehst daran. Das ist der erste, der körperliche Beginn einer wunderbaren Freundschaft, während derer du ihnen mehrfach an die Nasen langen mußt.

Die ganze Sache fängt eigentlich mit deinem ersten Blick, deinem ersten Lächeln an. Wenn du das ausdrucksstark anlegst, wissen sie oft schon, wohin der Hase hoppeln soll. Und sie ziehen auch ihre Lehren aus deinem vielsagenden *Gaga!*

Sobald du deine bequeme Rückenlage (ich meine, sie ist bequem für deine Eltern), sobald du die aufgegeben hast, um mutig herumzukrabbeln, verändern sich deine Eltern und deine Umgebung gleichermaßen. Die ersteren werden immer hektischer und aufgeregter, letztere entpuppt sich als immer öder und leerer, weil Dinge, die vielen schönen Gegenstände, einfach nach oben, aus deinem Gesichtsfeld und deiner Reichweite zu fliegen scheinen. Seltsam das. Und nur dadurch, daß du jetzt das Plärren und Quäken übst, vermagst du ihnen nach und nach zu verdeutlichen, welche Sachen du gern begrapschen möchtest und welche genau nicht, zum Beispiel diese blöde Babyrassel von der Oma.

Deine vielfältigen Laute kannst du immer besser zu wahren Kunststücken ausbauen, denn sie werden zu deinen wichtigsten Instrumenten, mit denen du deinen Eltern die Richtung vorgibst.

Du eroberst jetzt die Welt, meinen stolz deinen Eltern, doch darfst du nicht vergessen, daß es sich um ihre Welt handelt. Auch, daß die Sache nicht oh-

ne Konflikte abgeht, denn sie werden darauf bestehen, dich von ganz bestimmten Dingen fernzuhalten. Lenkst du sie jedoch geschickt ab, wird es dir gelingen, das eine oder andere zu ergattern, zum Beispiel die teure Nippesfigur auf der Anrichte - kracks, ist sie hin. Und die Lektion für deine Eltern? Daß fast alles im Leben vergänglich ist.
Falls du dir jetzt Mühe geben magst, ein ungefähr ahnbares *Ma-Ma* oder *Pap-a* herauszubringen, wirst du sie zu wahren Begeisterungsstürmen hinreißen. Vor allem dieser Mann, der besonders stolz ist auf deine sprachlichen Hervorbringungen. Sobald du gewissermaßen sein Wort beherrschst, wird er in

kluge Bücher gucken und hernach mit geschwellter Brust verkünden, daß du bereits seinen Namen aussprechen kannst. Das schafft eine gewisse Vertrauensbasis für die Lenkung deiner Eltern.
Es ist auch nicht schlecht, wenn sie dich für intelligent halten. Das hilft ihrem Selbstbewußtsein, wenn sie mit anderen Müttern und Vätern neben der Sandkiste so über dies und das reden.

Dein zweiter Geburtstag kommt bald in Sicht, und du stehst ziemlich sicher auf eigenen Beinchen. Nun wird es langsam Zeit, deinen Eltern beizubringen, daß zu eigenen Beinen ein eigenes Köpfchen gehört.
In einem unbeobachteten Moment könnte man zum Beispiel seinem Vater das Telefondings aus der Jackentasche stiebitzen. Es ist ein schönes Spielzeug, das findet er ja ebenfalls. Und man kann gar nicht früh genug damit beginnen, mit aller Welt zu kommunizieren und neue Freunde in fernen Ländern zu finden.
Überhaupt steigert sich von Tag zu Tag die Menge der dich interessierenden Dinge, die gleichwohl weiterhin aus deiner Reichweite verschwinden. Es wird dir nichts anderes übrigbleiben, als die elterlichen Verstecke zu erkunden. Damit sie nicht in dem Irrtum verharren, sie könnten Geheimnisse

vor dir haben. Die Keksdose zu finden, ist sicher eine deiner leichtesten Übungen. Interessante Sachen entdeckst du auch immer in ihrem Nachtkästchen.

Übung macht den Meister, sagt man. Und im Vorgriff auf dein späteres Leben in einem eigenen Zimmer kannst du deinen Eltern frühzeitig einen Fingerzeig geben, in welche Richtung dein Erziehungswerk führen soll. Mein Vorschlag: Nimm dir den Papierkorb vor, wenn er schön voll ist, und räume ihn aus, ganz aus, o ja, laß die Fetzen und Knüddel durchs Zimmer segeln. So verschönerst du ihren Wohnbereich, und sie lernen, daß ein irgendwie geartetes Recht aufs eigene Zimmer, jedenfalls was sie betrifft, nicht naturgegeben besteht und daß all ihre ästhetischen und die Ordnungskategorien eitel Wahn sind.

Deine Eltern freuen sich, wenn du geistige Interessen zeigst, mach dich also ruhig über ihre Bücher her. Ihre scheinbare Fassungslosigkeit, wenn du ihnen einzelne Seiten daraus schenkst, ist in Wirklichkeit nur der ehrfürchtige Schauder vor dem Weltgeist der Bildung, der sich in dir ankündigt. Eltern brauchen solche kurzen Momente des Staunens und der Besinnung, und du tust gut daran, ihnen solche Augenblicke häufiger zu gönnen.

Dein allgemeiner Forscherdrang sollte dich indes-

Anfangs muss man Eltern etwas trainieren

sen nicht daran hindern, deinen Eltern konkretere Interessen anzudeuten, denn das macht sie erwartungsfroh. Klar, daß die Technik dein Lieblingsbereich ist. Am besten beginnst du damit, die Steckdose auszukundschaften, und schreitest fort zum Wasserkessel, zum Toaster und so weiter. Für den

Haushalt begeisterst du dich ohnehin, denk nur an die schöne bunte Putzmittelflasche mit diesem spannenden Drehklickverschluß.
Und vergiß die Kunst nicht, deren wunderbare Wirkungen auf das menschliche Gemüt du am ehesten mit Mutters Schminkdosen ausprobierst, sagen wir an der Wohnzimmerwand.

Mit zwei oder so, wenn der letzte Milchzahn durch ist, auf dem Weg zu drei Jahren, fällt das Babbeln immer leichter. Man muß sich entscheiden, ob man eher maulfaul oder mit fleißigerem Mundwerk unterwegs sein will - ob man über einen eher kleineren Wortschatz (ich schätz' mal hundert Wörter) verfügen möchte, wie beispielsweise die meisten Politiker, oder doch einen größeren (das kann schon mal über die Tausend gehen, wie bei den Leuten in den Nachmittagstalkshows, die Mama und Papa sich immer angucken).
Also rede, wie dir der Schnabel gewachsen ist - man wird dir noch früh genug befehlen, ihn zu halten. Mit Sprache kannst du nämlich wunderbar spielen und zugleich die Eltern erziehen, das solltest du dir gleich für die Zukunft merken.
Eigentlich immer, aber gerade in dieser Zeit behaupten Eltern gern von bestimmten Gegenständen, sie gehörten ihnen: Scheren, Messer und so. Ein solch

asoziales Verhalten darf man ihnen unter keinen Umständen durchgehen lassen.
Langsam mußt du darauf achten, differenzierter vorzugehen als mit bloßer *Rabäh*-Rhetorik. Du wirst sehen: Wenn du *Mami, A-a* flüsterst, wird sie herbeigestürzt kommen. Oder spät abends, wenn du in deinem Bettchen schlafen sollst, machst du ihr eine große Freude, sie immer wieder und wieder bei ihrem Namen zu rufen - übrigens für beide Eltern ein stets willkommenes Spiel. Es hilft ihnen, sich in ihrem eigenen Durcheinander zurechtzufinden.

Mit knapp drei muß es dir darum gehen, ein paar weitere deiner Positionen zu festigen. Wenn es dir bis dahin nicht ohnehin gelungen ist, deinen Eltern zu verklickern, wer Herr im Haus ist, der König eben, verstehst du - dann, ja dann wird aus den Eltern nichts Rechtes werden. Sie brauchen Anleitung, eine feste Hand, all das, eben Orientierung. Und wer außer dir könnte ihnen das geben.
Allerdings lehnen Eltern sich gern dagegen auf, vor allem, indem sie dich abzulenken versuchen. Tief greifen sie dabei in die Trickkiste und locken dich, verlocken dich, daß du ja nicht die herrlich lange Klopapierrolle abrollst. Solche Dinge halt, bei denen sie sich ein aufgeregtes Nein nicht gleich zu-

trauen und du auf diese Weise von einem Augenblick auf den anderen einfach nicht mehr weißt, was du grad tun wolltest.
Was sie sich nicht alles einfallen lassen: Deine Lieblingspuddings schaffen sie herbei und Schokoriegel, sie spielen Verstecken, glänzen durch Willfährigkeit und treiben allerlei Scherze und Schnurrpfeifereien. Reine Ablenkungsmanöver!

Bald wirst du eher übel beleumdet sein, weil sie dich eigensinnig nennen. Und weil du Widerstände entwickelst - gerade in einem Alter, in dem deine Eltern aufs sehnlichste wünschen, daß alles glatt

läuft, wie geschmiert sozusagen. Und sie schmieren dich auch, mit allerlei Versprechungen und natürlich mit Schokolade.

Sie sind halt ein wenig angestrengt, überfordert, und sie machen sich schon erste, vage Hoffnungen auf eine gewisse Institution namens Kindergarten.

Doch du läßt sie gehörig warten – was dir zum Beispiel dadurch gelingt, daß du einfach weiter in die Windeln, na ja, daß du eben die Pampers länger benötigst, falls du das magst.
Desgleichen erkläre deinen Eltern, daß du nicht gewillt bist, dich bemogeln zu lassen. Sie werden dir einen Keks geben, und wenn du nach einem zweiten verlangst, werden sie diesen einen, diesen kläglichen Keks in zwei Teile brechen, um dir in jede Hand einen halben zu stopfen, wo du doch zwei ganze wolltest. Laß dir das nur nicht gefallen! Wirf die Hälften durchs Zimmer, und gib lautstark deinem Unmut Ausdruck.
Das ist eine der wichtigeren frühen Übungen für Eltern auf ihrem Weg zu umgänglichen Mitmenschen.
Zusammen mit so' nem gebogenen Zeigefinger wirst du nun immer häufiger ein *Du-Du!* zu hören bekommen, mit diesem merkwürdigen Unterton, den du noch nicht kanntest. Oder gleich ein *Nein-Nein!* mit einem ganz lauten Ausrufezeichen. All das wird leider zunehmen, kann ich dir versprechen.
Du mußt die Sache unbedingt als Spiel interpretieren oder zu einem Spaß umbauen – nur so vermögen deine Eltern eben spielerisch einzusehen, daß das Leben keineswegs aus Verboten besteht. Beherzigst du diesen Rat nicht, werden sie dich wo-

möglich unterbuttern, und deine Gegenwehr wird später um so heftiger sein müssen.

Wenn du ein Spielzeug im Fäustchen hältst (hast du das bemerkt?), vermagst du jetzt deinen Griff zu lockern. *Loslassen* nennt man das, und das ist eines der Dinge im Leben, die du deinen Eltern gar nicht früh genug beibringen kannst. Das wirst du zwar im Augenblick nicht so klar verstehen, doch vertraue meinem weisen Rat. Die ganze Menschheit redet eigentlich von nichts anderem mehr, also nehme ich mal an, daß es sich dabei um ein wichtiges Problem handelt.
Ich seh' schon, du hast es begriffen.
Du magst ja von deinen Eltern dies und das geerbt haben, womöglich sogar dein Naturell, deine Statur, deine Frohnatur, all das. Was sie von dir geerbt haben, liegt klar auf der Hand – es ist diese ewige, diese klammerige Sorge um dich. Und darüber vergessen sie zuweilen, richtig nett zu dir zu sein.
Vielleicht geschieht das alles noch nicht jetzt – doch es wird kommen, warte nur ab.
Das ist das Kunststück, oder sollte ich es Kunstwerk nennen, daß deine Erziehungsbemühungen darauf aus sind, alle ihre Aufmerksamkeit auf dich zu lenken, gleichzeitig jedoch und zunehmend sollen sie auf sich selbst achtsam sein und beides zu jeder

Zeit einigermaßen in der Waage. Also, ein Jongleur ist nichts dagegen.

Kindsein ist überhaupt anstrengend, aber auch aufregend, und ich ermutige dich ausdrücklich, unverzagt an die nächsten Lektionen zu gehen. Ihre Lektionen natürlich, nicht deine.

Tappelalter, tja. Wenn sich deine Eltern in dieser Zeit mal wehmütig fragen, ob du nicht irgendwann von ihnen wegtappeln wirst, dann hast du dein wichtigstes Erziehungsziel bereits erreicht: Du kannst laufen, und sie sind ein bißchen wackelig auf den Beinen.

Ein König braucht Hofnarren

ODER DIE ZAUBERKRAFT DER WÖRTER

Mit deinen prächtigen drei Jahren, mach dir das klar, bist zu ziemlich mündig, und das in einem doppelten Sinn. Deine Eltern lauschen deinen Worten mit wachsendem Interesse und Verständnis. Es ist dies die Zeit, in der du sie am besten prägen kannst.

Die wirklichen Leiden und Freuden des Lebens sind dir zwar noch einigermaßen verschlossen, das heißt, sie werden dir verschlossen. Ich meine damit die ganze wunderbare Welt, die aus dem Fernsehkasten in eure Stube quillt. Deine Eltern nämlich betreiben ein ziemliches Gedöns darum, und wenn du ins Zimmer kommst, geht jäh die Flimmerkiste aus, damit du bloß nicht auf dumme Gedanken kommst. Vor allem nicht auf den einen – etwa zu glauben, die lehrreichsten und interessantesten Dinge des Daseins würden eben doch aus dem Apparat da frei Haus geliefert. Dieser Ansicht sind sie sehr wohl, doch wollen sie es noch eine Weile vor dir verheimlichen. Aber du bist ja schlau, oder?

Auch machst du mittlerweile wahrscheinlich Bekanntschaft mit und Bekanntschaften in einem Kindergarten. In den schieben dich deine Eltern ab mit dem Hintergedanken, etwas mehr Zeit für sich selber zu haben. Dabei brauchen sie gar keine Zeit für sich – im Gegenteil, sie geraten dadurch womöglich außer Kontrolle, deiner Kontrolle, und das kann Folgen haben, die du irgendwann einmal bereust. Überdies entwickeln Eltern bei dieser Gelegenheit

gern allerlei Ängste, etwa Trennungs- und Versagensängste - bei einer Trennung für ein paar Stunden ist das ja klar, aber Versagen? Na ja, sie fragen sich, ob sie dich genügend auf die Gemeinschaft mit anderen Kindern vorbereitet haben, wenn du dem Bubi das Spielzeug wegnimmst und ihm dazu noch eine klebst. All das sind eben Elternängste. Kommt so leicht keiner drauf.

Sie könnten übrigens mit der frisch dazugeschenkten Freizeit ohnehin wenig Sinnvolles anfangen, außer vielleicht zu grübeln. Das jedoch mußt du ihnen für später aufheben, vielleicht wenn du dreizehn bist oder so.

Jetzt beginnen auch die Jahre, in denen du deine Eltern ganz herrlich gegeneinander ausspielen kannst - wer sagt denn, daß Papa bloß für Spielzeugreparaturen und die Ausflüge im Auto zuständig ist, Mama dagegen für Kleider, Süßigkeiten und überhaupt fürs Essen und Kuscheln. Das ist eine völlig veraltete Einstellung.

Und wenn sie dazu noch durch gemeine, heimliche Verabredungen ihre Autorität absprechen und dadurch absichern, mußt du für die deine um so heftiger rackern.

Genau darum eben nennen sie dich Racker, wenn du geschickt versuchst, vom einen die Süßigkeit und die Reparatur des Legokrans (oder gleich ei-

nen neuen) zu bekommen und von der anderen die Milchschnitte und die Streicheleinheiten und die Kekse, ich will Käh-kse …
Du könntest dich hin und wieder in solch ein Krümelmonster verwandeln oder in ein Tier, in einen großen, bösen, knurrenden Wolf beispielsweise (Bär, Elefant, Hund, Katze, Maus, egal), um deine Standpunkte zu verdeutlichen. Dies hilft zweifellos ihrer Einbildungskraft und dient deinen Interessen.
Tierisch gut ist es auch, die Milch aus einem flachen Teller zu schlabbern. Für Eltern ist das ein gutes Ventil für ihre Phantasien und ruft gewisse Erinnerungen an die eigene Kindheit wach. Gerade solche Denkbahnen müssen immer wieder aktiviert werden, sonst kriegen sie auch später manches einfach nicht auf die Reihe.
Andererseits erringst du dadurch ein paar Freiräume, denn sie werden es köstlich finden und auch fürderhin nicht gar so energisch auf blitzblanken Eßsitten bestehen. Ihr Verständnis für dich muß ja unablässig wachsen.

Das Leben ist wahrlich umständlich.
Da ist deine Welt der Dinge, und da ist die Welt der erwachsenen Menschen und ihre Welt der Dinge. Dann gibt es noch die Welt der Menschen draußen und all die Dinge draußen sowie schließlich all die

Grrrr
GRRrrrr
Grr..

Welten in den Köpfen der Menschen, wozu dann wieder äußerst viele Dinge gehören. Das alles auseinanderzudröseln, ist oft nicht leicht.
Manchmal glaubst du, so einen richtig schönen durchsichtigen Gedanken vor dir zu haben oder ein Gefühl oder was, und dann ist das nur ein Ding, und du stößt dir den Kopf daran. Was die Eltern einen Willen nennen, das ist so was. Zeig also häufiger, daß es ihnen bei dir genauso gehen kann.
Du hast gewiß bis heute immer darauf geachtet, wie ich dir geraten habe, daß im Kopf deiner Eltern nicht besonders viel Platz bleibt für irgendeine Art von Gehirn oder so - nur du, du allein gehörst da rein! Halte es weiter so. Ein paar Außengehege kannst du ihnen ruhig lassen, denn du selbst gewinnst dadurch einige Freiheiten hinzu.

Du nennst dich jetzt *Binfir*, was alle in großes Erstaunen versetzt. Nur dein schlauer Vater wird stolz herausfinden, daß du tatsächlich deine eigenen Geburtstage mitgezählt hast. Bei solchen Sachen traut er dir alles zu, und er wird jubilieren und es überall herumerzählen.
Sicher ist es eine sehr gute Idee, nachts zu deinen Eltern ins Bett zu steigen und sie da eine Weile zu beschäftigen. Kannst es ja erklären mit *Habanx* oder *Muttdarein*. Denn leicht kommen sie mal auf dum-

me Gedanken und stellen sonstwas an. Basteln dir womöglich ein Geschwisterchen, wo du doch viel lieber einen Hund hättest. Oder gleich einen Roller. Also, das mußt du dir gut überlegen.
Große Freude kannst du deinen Eltern bereiten,

wenn du ihnen die alten Spiele zeigst. Backe, backe Kuchen, Hoppe Reiter und Ichsehwasdasdunichtsiehst. Engelchenflieg gehört auch dazu, aber das geht natürlich besser, wenn du über zwei Elternteile verfügst. Zugegeben, all das ist nicht besonders originell. Doch Eltern mögen so altmodisches Zeugs einfach, weil sie Wiederholungen seit jeher lieben und brauchen.

Überdies führst du deine Eltern einen ganzen Entwicklungsschritt weiter, denn zwischen Engelchen und Bengelchen liegt nur ein winzig kleiner Buchstabe. Das ahnen sie freilich noch keineswegs, und verrat es auch nicht, sonst würden sie erschrecken.

Kaum aus den Windeln heraus, wenn du das denn endlich wolltest, gibt es zahlreiche, wunderbare Bereiche der Betätigung und damit der Elternbeschäftigung.

Die Welt ist ja voll von Computern, elektronischen Dudelgeräten aller Art, komplizierten Telefonapparaten, Uhren, die sich auf geheimnisvolle Weise selber stellen, überall die schönsten Knöpfe und Tastaturen. Wo *Play* draufsteht, geht meist was an. Für viele Eltern freilich ist dies eine völlig fremde und beängstigende Welt. Wenn du dich in diesem Bereich kundig machst, erringst du bald Kenntnisse, die dir deinen Eltern gegenüber (wenn sie nicht

ab jetzt wird gemittwocht!

gerade Bill Gates heißen, dann wär's ohnehin egal) einen Wissensvorsprung sichern, der wiederum sich vielfältig nutzen läßt.
Auch Wörter sind Dinge, geheimnisvoll und nicht so leicht zu begreifen wie ein Bauklotz. Wo sie auch auftauchen – sie sind wirklich und zugleich Symbole für die Wirklichkeit, also unwirklich. Sie enthalten Wünsche, Ideen, Befehle und schlimmere Sachen, sie vermitteln Gefühle, all das. Und Wörter haben Wirkungen. Stell dir nur mal vor, du nennst deine Eltern Schlumpfnudeln oder so ähnlich …
Worte besitzen auch Magie, ja Zauberkraft. Du stellst doch jetzt den lieben langen Tag all deine Fragen mit 'nem *W*: Warum, Was, Wann, Wie, Wer und wieder Warum. Und was kriegst du? Na, eine Antwort mit *W*, nämlich: Du gehst mir auf den, genau, den Wecker.
Wenn du (dies noch zur Macht der Wörter) in diesem Alter zu deinem Vater sagst: Halt die Klappe!, und er ist entrüstet, dann hat er noch nicht begriffen, daß die Sprachkultur innerhalb der Familie immer eine Sache auf Gegenseitigkeit ist.

Ich weiß, deine Eltern enttäuschen dich oft. So kommt zum Beispiel deine Mutter nach einem rätselhaften Krankenhausaufenthalt (und weil du eben doch nicht häufig genug ins Bett der Eltern gekrabbelt bist) mit einem kleinen Bruder nach Hause.

Und das, obwohl du nach langem Zögern und Hinundherüberlegen ausdrücklich eine ältere Schwester von ihr gefordert hast.
Einerseits solltest du versuchen, deine Wünsche in Zukunft präziser zu formulieren und durchzusetzen, andererseits wirst du dergleichen Vernachlässigung deiner Vorstellungen und Ideen immer wieder erleben. Wappne dich also mit Duldsamkeit.

Bist du über vier, dann geraten Eltern langsam in ihre erste Trotzphase, und man sollte sich rechtzeitig überlegen, wie man darauf zu reagieren gedenkt. Ich meine, es gibt doch verschiedene Möglichkeiten zwischen heiter und aufbrausend. Im Grunde

genommen liegt ihnen mehr am Einordnen in die Kinderfamilie als am Widerstand dagegen.
Ihr Trotzalter macht sich auch dadurch bemerkbar, daß sie zunehmend statt mit dir mit deinen Teddybären und deinen Puppen sprechen, wenn sie in Wahrheit dir etwas mitzuteilen haben oder dich dies und das fragen wollen. Da kannst du ganz gelassen bleiben oder heiter, wie gesagt, weil du ja völlig frei bist, die Botschaft aufzunehmen oder nicht.
Andererseits taucht jetzt wiederkehrend das Thema Fernsehen auf. Bei der Programmauswahl werden sie, richtig angeleitet, sich mehr und mehr nach den Kinderwünschen richten. Endlich! Nur stellen sie sich immer noch ein wenig an bei diesen herrlichen *Action*-Serien auf den Nachmittagskanälen der Privaten (und natürlich abends), über die im Kindergarten geredet wird mit den Kollegen. Richtig nachgestellt werden die, mit Piff und Paff und wer weiß mit was noch. So wird nichts übrigbleiben, als bei entsprechenden Verboten heftig zu reagieren, aufbrausend eben, denn ein kluges Kind braucht nun mal den freien Medienzugang. Das müssen Eltern einsehen.
Erinnere sie einfach an die Reklame, diese ganz unglaublich wichtige Werbung. Wie soll man sich sonst darüber informieren, was dir schmeckt, was

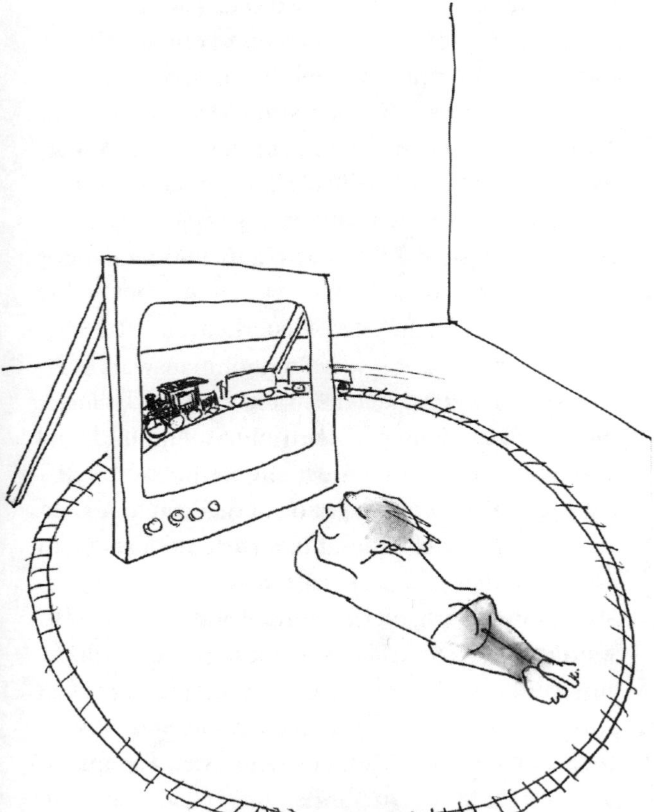

sie so knabbern sollen – es ist noch nicht so lange her, da haben sie ebenfalls dieser Informationen wegen Penaten-Creme gekauft und eben nicht bei Aldi so'n No Name oder wie die Marke heißt.
Freiheiten lassen einerseits und Verbote andererseits müssen einander einigermaßen die Waage halten. Denn läßt man die Eltern einfach gewähren, werden sie dessen schnell überdrüssig. Gängelt man sie zu sehr, nehmen sie das übel oder schlagen sonstwie über die Stränge, na schön, über deine Strenge.

Alle jetzt aufkeimenden Demokratieversuche mußt du freilich im Keim ersticken, mit Stumpf und Stiel ausreißen, mit Mann und Maus über Bord kippen – habe ich mich deutlich genug ausgedrückt? Als verantwortlich erziehendes Kind hast du schließlich die Dinge im Griff zu behalten.
Mach ihnen desgleichen unmißverständlich klar, was du alles werden kannst. Nach solchen Zukunftsaussichten verlangen Eltern früh. Du könntest durchaus Lokführer sagen, wie die meisten Jungen, auch Doktor oder Krankenschwester, Kaufmann oder Verkäuferin. Du kannst aber gleich, weil du ihren entsprechenden Gesprächen über Geld und dessen Fehlen, über Ultimo und *was das nur alles kostet* ohnehin niemals entgehst, und vor allem,

weil du ein schlaues Kerlchen bist - deshalb vor allem könntest du behaupten, du wollest eine Bank werden, denn da ginge das Geld niemals aus. Du wirst sehen, wie freudig sie darauf anspringen, weil sie deine Idee natürlich prima finden und frohgemut in euer aller Zukunft blicken.

Du solltest in dieser Phase deine Eltern auch ruhig mal einzeln beschäftigen - vielleicht willst du mit deinem Vater einen Sonntagsausflug unternehmen, ein kleines Picknick im Zoo oder dieses herrliche Abenteueressen bei Macdoofi oder wie die heißen, du weißt schon. Danach sind oft beide entspannter: *Er*, weil du ihm deine Ideen über das Leben als solches und über sein allgemeines wie spezielleres Verhalten mal in aller Ruhe erläutern kannst und er dir ja konzentriert zuhören muß - und *Sie*, weil sie, wie sie selber sagt, solche Verschnaufpausen mal gut gebrauchen kann. Es macht auch nichts weiter, wenn sie da bloß mit ihren Freundinnen zusammenhockt, bei Kaffee, Kuchen und Likör, und sie dabei nur kichern und dummes Zeug reden, zum Beispiel über dich. Du bist ja immer ihr Thema. Übrigens machen Väter so was auch, bloß nennen sie es nicht Verschnaufpause, sondern eine Steinpilskur. Nur über dich reden sie da nicht so viel. Männer, ich sag's dir …

Allein die Gesellschaft der Eltern reicht auf die Dauer nicht aus, schließlich bist du schon über fünf und kennst die meisten ihrer Ansichten und Lebenseinstellungen (obwohl man da - Achtung! - Überraschungen erleben kann) und hast diese ja wesentlich mitgeprägt, wenn du bislang deiner Erziehungsaufgabe einigermaßen entsprochen hast.
Du kennst ihre kleinen Flunkereien und Notlügen sowie ihre hilflosen Gesichter, wenn du sie dabei ertappst. Zum Beispiel, wenn sie der Oma am Telefon sagen, sie hätten keine Zeit und dann doch jede Menge davon haben. Oder wenn sie die Frau Maier von nebenan wegen ihres neuen Hütchens überschwenglich loben und sich zu Hause darüber eimern vor Lachen.
Selbst wenn du alles in allem nachsichtig bleibst, so brauchst du doch mal frische Luft im Kopf, Freunde, Abenteuer, wilde Fahrten mit dem Mountainbike. Solche Dinge sind jetzt angesagt - und, klar, die entsprechenden Klamotten dazu. Hol sie dir, auch wenn du mal laut werden mußt.
So wie du deine Milchzähne verloren hast, um dich kräftiger durchs Leben zu beißen, mußt du dich jetzt draußen umgucken und deinen Eltern beibringen, daß ab sofort mal deine Freiheit im Vordergrund stehen muß - du hast dich schließlich lange genug hauptsächlich um sie gekümmert.

Jetzt willst du als Junge Indianer und zugleich Cowboy werden, mein edler Held, Ritter und Tarzan – jädeldijaul! Doch wie soll das nur gehen in der Enge deutscher Normalbürgerwohnungen. Schon wenn du durch den Korridor reitest und nach Jane schreist, schelten die Nachbarn und die unter euch.

Während nun deine Eltern dazu neigen werden, dir dringlicher *die Welt* zu erläutern, die du in Form von Ampeln, Gefahren und Schwarzen Männern lernend und vorausschauend zu erfassen hast (sie kennen halt nur ihre Wirklichkeit, auf die sie dich stupsen wollen), darfst du nicht versäumen, ihnen

hin und wieder kleine Einblicke zu gewähren, wie deine Wirklichkeit in Wirklichkeit aussieht.
Du lebst deine Abenteuer, hier und jetzt und jetzt und sofort. Und bloß nicht so viel Angst, ihr Eltern, die Erde ist wunderbar, aber man muß den Himmel stürmen, weiß Gott! Oder muß Eskimo werden oder Hexe und Zauberer, ach, so vieles.
Eltern, die all das gar nicht wissen, die verholzen, kann ich dir sagen. Und da es emotional recht unselbständige Eltern gibt, hilft oft ein kleines Lächeln, ein ermunterndes Wort nebenbei, und sie werden sich nicht so schwer an deine Rockzipfel hängen.

Allerdings, so wie ein König seine Hofnarren braucht, zur Entspannung, vielleicht zur Unterhaltung, so

entwickeln Eltern großes Interesse an deinen Vorführungen, die sie Wutausbrüche nennen. Nur daß sie dabei die Hofnarren sind und du der König.

Zwar verstecken Eltern für gewöhnlich ihre Gefühle vor dir, als sei's das größte Geheimnis. Doch für dich ist das kein Problem - du liest in ihnen wie in diesem Buch (alles klar, übersichtlich und verständlich).
Auf jeden Fall: Nütze unbedingt die Differenzen zwischen Mutter- und Vatermeinung aus - die wird es mit Sicherheit geben, wenn du einen dollen Ärger auf den Tisch haust. Einer will dich dann immer gleich trösten. Ich sag doch - sie sind nicht ganz bei Trost.

Mensch ärgere dich nicht

ODER DIE SPIELE DES LEBENS

Du mußt dir das Leben deiner Eltern vorstellen wie ein Bild mit falsch gemalten Buntstiftkrakeln - ein ziemliches Durcheinander und nicht besonders schön, doch mit echt netten Stellen. Sie werden ihre Unvollkommenheiten mit deiner Hilfe sehen oder zumindest ahnen und, unsicher anfangs, nach und nach mit dir gemeinsam korrigieren.

Du weißt ja mittlerweile: Wellen kommen und gehen, und man kann dabei ganz entspannt bleiben. Mal steht man bis zum Hals im Wasser, mal sitzt man ganz auf dem Trockenen. So funktioniert das auch mit den Entwicklungssprüngen der Eltern, ihren Stimmungen, ihren Ideen, Forderungen, Vorstellungen, all dem Kram.

Doch jetzt kommt eine Woge auf dich zu, die dich in ihren Schlund zieht und erst am Ende - wer weiß, wie lange das dauert - wieder ausspuckt. Der eine ist danach leicht ramponiert, der andere übersteht's ganz heil, genau wie im wirklichen Leben. Kurz: Ich rede von der *Schule*.

Spätestens wenn wir zur Schule gehen, haben wir Kinder einen ungefähren Überblick über die körperlichen, geistigen und seelischen Anlagen unserer Eltern. Wenn sie sich mit dir verändern, stehen sie sozusagen mitten in ihrer Bestimmung. Eltern, die immer gleichbleiben, entwickeln sich ja nicht. Also sorge dafür, daß sie immer schön munter bleiben und nicht in einen Familientrott verfallen, der

dann immer so weiterläuft. Das wäre auf die Dauer quälend.
Andererseits kann man ruhig die Zügel ein wenig lockern, kann seine Eltern mal loslassen, sie ein wenig aus den Augen lassen. Denn bis jetzt war alles ein Spiel, ein fast reines Vergnügen, und du hattest bei deinem Erziehungswerk nicht die allerärgste Mühe. Aber jetzt wird's ernster, weil du zusätzlich noch deine Lehrer auf den richtigen Weg bringen mußt. Das ist vielleicht eine Rasselbande - tun anfangs so freundlich, als sei alles bloß Spaßvergnügen.
Und deine Eltern, mit ihrem neu erwachten Leistungs- und Erwartungsdruck, hast du ebenfalls in Schach zu halten. Eine verzwickte Lage, und du

wirst dich in bestimmten Augenblicken fragen, ob deine Eltern überhaupt reif sind für die Schule. In dieser Zeit geraten sie nämlich aus deiner Daueraufsicht - und zugleich aus den Fugen, es beutelt sie, sagt man.
Dir steht ja ein gewaltiges Arsenal an Werkzeugen zur Verfügung, um sie einigermaßen bei der Stange zu halten und an den Freuden und Leiden an diesem Institut teilhaben zu lassen. Und ihnen dazu einige Lektionen zu erteilen, die sie unbedingt fürs Leben brauchen. Nun, schon an meinem Vokabular merkt ihr, daß ich immer noch von der Schule spreche.
Deine Eltern verlangen irgendwie nach einer Perspektive. Sie bringen dich deshalb zu all diesen fremden Damen und Herren und drücken dir eine spitze Tüte in die Hand. Und du weißt schon: Es wird ein saurer Apfel sein, in den du zu beißen hast, sonst würden sie dir das alles ja nicht derart versüßen.
Nicht lange, dann wirst du lernen, daß zwischen Nöten und Noten kein so großer Unterschied besteht - daß du also auf das kleinste Tüttelchen selber achten mußt.
Doch eins nach dem anderen.

Im Normalfall wirst du beobachten, daß sich die Rollen deiner Eltern in dieser Entwicklungsstufe markant verändern. Wenn dein Vater entdeckt, daß sich hier ganz neue Leistungsfelder auftun - deine und seine -, mußt du die Mutter dahingehend beeinflussen, daß wenigstens sie zu gelegentlichem Trost und Zuspruch bereit ist und dir auch mal den Satz zusteckt: Lehrer sind tatsächlich blöd. Solche Einigkeit macht immer wieder stark.

Insgesamt droht die Gefahr, daß die Schule - für die Eltern eine völlig fremd gewordene Welt - im wahrsten Sinne des Wortes über dich herfällt und deine Eltern mit ihr. Sie triezen dich mit Anforderungen, die dir jede Menge schöner Nachmittage versauen. Und die sind meistens ohnehin mit Geigen-, Klavier- und Flötenunterricht zugestellt.

Leider geraten auch Begriffe wie *Betragen* in den Vordergrund, mein lieber Schwan, und du entwikkelst eine gewisse Vorahnung, was noch alles auf dich zukommen wird.

Jedenfalls mußt du zumindest deinen Eltern eine mechanistische Grundeinstellung austreiben, die sie gerade jetzt dazu veranlaßt, Jahr für Jahr, Zeugnis für Zeugnis, dein zukünftiges Schicksal hochzurechnen sowie dunkle Wolken an den Horizont zu malen. Wo doch das Leben aus lauter Sonnenschein bestehen könnte.

So sind Eltern nun mal, und im Verein mit ihnen die Lehrer. Nur mit einer gehörigen Portion Selbstbe-

und wehe, ich bringe nochmal eine fünf mit nachhause für Deine Matheaufgaben!

hauptung kommt man da durch. Noch besser, wenn man sich einen Banknachbarn zulegt, der nicht so viele Fehler beim Diktat macht und einen abgukken läßt.

Eine Eigenart der Eltern freilich macht die Sache etwas leichter: ihr Geselligkeitsbedürfnis und ihre Empfänglichkeit für Lob. Wenn du jetzt deinen Eltern Zuspruch erteilst, weil sie deine Rechenaufgaben gelöst haben, oder dir abnehmen, daß du mit deinem schrecklichen Bauchweh unmöglich zur Schule gehen kannst, dann werden sie gewissermaßen seelisch Luft schnappen und sich ein wenig entspannen.
Das ist sehr wichtig, weil sie jetzt dazu neigen, die ganze Angelegenheit mit den Pflichten und Sitten zu übertreiben.
So werden sie heftigen Widerstand leisten, wenn du weiter bei Tisch mit den Beinen baumelst, mit vollem Mund redest, herumrutschst oder trödelst, womöglich das Essen insgesamt kritisierst. Und oft genug geschieht es, daß Vater und Mutter mit vollem Mund kauend und saucenkellenfuchtelnd auf dich einschelten. Meist kleckern sie dabei, essen den Teller nicht leer, weil sie sich ärgern, sie stehen fußstampfend auf und knallen die Tür ins Schloß – kurz, sie können recht unleidig sein. Ich erzähle

das nur, damit du die Sache einschätzen kannst und nicht gleich verzweifelst.
Im Grunde handelt es sich um reine Spannungsentladungen bei den Eltern. Und so darf man die Zügel, wie gesagt, ruhig mal ein wenig schleifen lassen, bis sie sich wieder beruhigt haben. Stürme gehen vorüber.
Überdies lernst du dabei eine Menge neuer Wörter kennen, über die zu verfügen deine Eltern bislang geleugnet haben.
Ein solcher Austausch von Schimpf- und anderen verbotenen Wörtern ist überaus gemeinschaftsbildend. In der Fachsprache nennt man das *Eltern-*

koller. Du kannst gar nicht früh genug beginnen, dich damit anzufreunden, denn was jetzt noch selten vorkommt, wird häufiger und häufiger geschehen. Und man kann doch einiges dazu beitragen, diese Art der Familienunterhaltung zu fördern.
Mit einem Wort: Der Alltag hält Einzug, und das ist gut so. Die vielleicht manchmal allzu hochgestimmten Gefühle der letzten Jahre weichen dem Ernst des nun anbrausenden Lebens.

Wenn du dich an die Schule so ein, zwei Jährchen gewöhnt hast, geht es darum, deine Augen und Ohren erneut zu schärfen, um in die verborgeneren Winkel der sogenannten Erwachsenenwelt einzudringen.
Bei ihren Unterhaltungen zum Beispiel entdeckst du oft einen gewaltigen Unterschied zwischen dem,

was sie reden, und ihrem Gesichtsausdruck dabei. Eine Eigenheit, auf die du unbedingt achten mußt. Eltern neigen grundsätzlich dazu, ihre Mitteilungen zu verklausulieren, weil sie ja mit Recht deinen Zorn fürchten, wenn sie dir mit Belehrungen und Anordnungen kommen, die du beim besten Willen nicht nachzuvollziehen vermagst. Vor allem, weil sie selbst nicht wirklich daran glauben.
Andererseits hat die Sache auch einen Vorteil: Wenn man sich mit Winken und vagen Hinweisen verständigt, kann man sehr viel leichter und eleganter ausloten, wie groß die nächste Taschengelderhöhung ausfällt.

Außerdem lernt man dabei die Marktwirtschaft, ich meine, deine Eltern lernen sie. Und du fällst, egal, wie die Verhandlungen ausgehen, in jedem Fall in ein soziales Netz, denn es bleibt dir ja immer noch die Möglichkeit, dein Honorar fürs Autowaschen zu erhöhen.

Das beliebteste Familienspiel, Spiel des Lebens, ist und bleibt *Mensch ärgere dich nicht*. Tja, eigentlich ein Lernspiel für deine Eltern und ein Schlüsselspiel für eure (und ihre) Beziehung. In der Malefiz-Variante eignet es sich zugleich als psychologisches Wahrheitsspiel, mit der Grundfrage: Was kann der Mensch ertragen?
Ja, was kann der Mensch ertragen? Daß einer dir kurz vorm Ziel die Steine ins Haus zurückpurzelt? Dir Barrieren in den Weg legt? Einfach behauptet, du habest gemogelt? Was heißt schon gemogelt. »*Corriger la fortune*«, wispern sie und denken, du verstehst das nicht, also verdammt noch mal!
Dieses Spiel darfst du sie keinesfalls gewinnen lassen, und wenn du vorhersehen kannst, daß das Ding in die Hose geht, schmeiß rechtzeitig das Spielfeld um.
Danach spielt ihr in aller Ruhe Monopoly – da flattert das Papiergeld so schön durchs Zimmer. Und die Häuser und Hotels erst!

So, laufen kannst du schon mal. Und morgen üben wir Skifahren!

Spätestens jetzt mußt du bei den anderen Familienmitgliedern, die sich gern allerlei Rechte des Dreinredens herausnehmen, klare Führungsqualitäten beweisen. Also deiner Oma sagen, sie solle nicht immer dazwischenquatschen, schließlich habe sie keiner gefragt. Der Schwester deiner Mutter verklickerst du am besten, als Tante habe sie nun mal keinerlei Vorrechte hier. Und dem Bruder des Vaters könntest du ahndungsvoll den Satz hinwerfen, er sei vielleicht ein blöder Onkel. Wenn nur einer es wagt, dich deshalb als Dreikäsehoch zu bezeichnen, leg dir schon jetzt die Antwort zurecht, daß ein Sechskäsehoch ja weit höher zum Himmel stinke.

Übrigens, weil ich das Thema häufiger anschneide: Du kannst gerade in dieser Phase deine Eltern zu gepflegteren Tischsitten anhalten. Während es, wie geschildert, zu Hause oft drunter und drüber geht und sie mit Messer oder Gabel fuchteln, derweil sie dir eine Predigt über Benimm halten, na, übers Nasebohren und daß du es lassen sollst – also, lad sie ein, zum Essen im Restaurant, da können sie nicht fuchteln und schreien: Du entgehst dem doch oft langweiligen Fraß daheim und bist ihnen zugleich positives Vorbild: Wie nett man da sitzen und reden kann, man wird bedient, jemand räumt auf und wäscht ab. So was erlebt man ja sonst nie, und Eltern sind doch häufig ungehobelt. Im Restaurant hobelt man sie gewissermaßen zurecht – und das hat eine gute Auswirkung auf eure Beziehung.
Aufforderungen, vergleichbare Pflichten zu Hause

zu übernehmen, begegnest du konsequenterweise mit einem deutlichen *Habgradkeinezeit*, *Ich-habe-zu-tun* oder, schlichter, mit *Jagleich* oder *Nein!* Es sind dies bloß Sätze, die deine Eltern sehr gut kennen, weil sie sie tagtäglich im Munde führen.

Um überflüssigen Ärger zu vermeiden, kommst du im Leben nicht umhin, die mehr oder minder hohe Kunst der Ausreden zu beherrschen. Übe es also frühzeitig ein, und beginn ruhig ganz simpel.
Ich kann nichts dafür, ist immer ein einfacher, schöner Satz, wenn irgend eine Sache kaputtgegangen ist. *Es ist unsportlich, pünktlich in der Schule zu sein*, klingt da schon hintersinniger, und die Eltern

werden vor lauter Grübeln das Schelten vergessen. Das bringt mich auf *Hab ich ganz vergessen* – das läßt sich auf wirklich vieles anwenden: auf versäumte Pflichten wie das Einkaufen und auf den leider im Kindergarten verbliebenen kleinen Bruder gleichermaßen.

Wenn du mal wieder zu spät nach Hause gekommen bist – wie wär's da mit *Die anderen haben mich nicht weggelassen*.

Warst du in Streit und Keilereien verwickelt, klingt's absolut glaubwürdig, wenn du versicherst, du habest eben diesen Streit nur *schlichten wollen*. Dann kannst du noch eine kleinere Tirade über die Ungerechtigkeit der Welt anhängen.

Bist du mal wieder genötigt, die eine oder andere Schulnote zu erläutern – komisch: gute Zensuren mußt du niemals erklären –, dann empfehle ich den mit einem kleinen Kiekser oder Räusperer versehenen Satz: *Die* (oder *der*) *hat mich nicht verstanden*. Wirst sehen – deine Eltern werden dir sofort seelisch zu Hilfe eilen.

Ebenso wenn dein Betragen wegen Schwätzens bemängelt wird. Da hilft oft: *Ich hab den anderen nur helfen wollen*.

Die Wasserschlacht im Badezimmer interpretierst du in diesem Sinne eindeutig damit, daß du den *Hahn reparieren* wolltest.

Du musst jetzt ganz schnell sprechen lernen, damit wir Mami überstimmen können!

Und solltest du auf der herrlichen Schlittenbahn im Park deinen Hosenboden zerfetzt haben, dann hilft, wie bei etlichen anderen Gelegenheiten, ein einfaches *Ist doch nicht meine Schuld!* Und das natürlich mit ganz lang vorgeschobener Unterlippe.
Na ja, denkt euch halt selber was aus – ich muß gerade was anderes überlegen.

Die Familien-Bande

ODER WANN BESTÄUBT ONKEL OTTO SEINE NEUE FRAU?

Selbst wenn du deine Eltern schon rund neun Jahre beobachten und anleiten konntest, hast du ihnen - niemand schafft das - ihre Dauerkrittelei einfach nicht abgewöhnt. Allerdings legt man sich bei alledem eine stoische Grundhaltung zu, ein dickes Fell eben. Ganz nach dem Motto: Tadeln und tadeln lassen.

Alle labern jetzt von Gewissen und so - ein Hauptproblem der Eltern und Lehrer. Doch Schuld darf man sich keineswegs einreden lassen. Auch nicht Schulden, wenn du dir ab und zu mal was aus der Familienkasse mopst (sie halten dich ja wirklich zu kurz).

Wie gerne würde man mit allen gut auskommen - aber das geht nun mal nicht, und die wenigsten Eltern machen einem Freude. Eltern sind einfach nicht fair! Wieder und wieder muß man sich genervt zurückziehen, bei volle Kanne Musik. Und stets kommt einer und meckert: »Stell's leiser!« Dabei möchte man, wenn man's bloß könnte, am liebsten alle auf Anschlag drehen. Ist doch verrückt.

Die Jahre ziehen sich so dahin im täglichen Kleinkrieg, und du ahnst bereits: nichts Wesentliches geschieht.
In der Entwicklung der Eltern bleibt manches unentschieden, und von Fortschritten - trotz deiner Erziehungsbemühungen - merkst du wenig. Manchmal gar bist du geneigt, alle deine Hoffnungen und sonst noch was fahren zu lassen. Und der kindliche Elan, die Torturen dieser Erziehungsarbeit auszuhalten, geschweige denn die Aussicht, deren Früchte je zu genießen, schwindet dahin.
Alles dauert so lange, und man will endlich Erfolge sehen. Statt dessen plagt man sich in den Niederungen des familiären Alltags und in der Schule mit Mathe und so weiter. Vom Ziel, perfekte Eltern zu formen, bist du, das schwant dir, ferner denn je. Jede Kritik, die du ja positiv meinst, nehmen sie krumm.
Langsam wirst du auch in die seltsamen Seelenwölbungen deiner Mitschülerinnen respektive deiner Klassenkameraden verwickelt - die nehmen ebenfalls alles gleich krumm. Mädchen zählen nicht, sagen die einen, sie sind kicherig und dumm, dazu frech, nein, mit Ziegen kann man wirklich nicht umgehen. Jungs sind überhaupt blöd, giften die anderen, sie sind einfach ekelhafte Viecher, ja, und Jungs stinken.

Kurz: Das Leben ist reichlich unübersichtlich derzeit, irgendwie unentschieden, zwischen Baum und Borke, genau: wie ein Käfer kommst du dir manchmal vor. Und niemand kann dir weiterhelfen. Aber nur Mut, es kommt noch schlimmer.

Immerhin geschafft: Ihr seid nun Jüngling und Backfisch, wie man früher so schön sagte, seid also *Teenies* - und damit ernstgenommen als Zielgruppe für allerlei Verführungen, denen ihr nur allzugern unterliegt, nicht nur der Werbung.
Man müßte vielleicht nur noch den Eltern abgewöhnen, von den *Kleinen* zu sprechen.

Dank der Schule seid ihr auch nicht mehr darauf angewiesen, euch Schimpf- und andere schön schmutzige Wörter sonstwo aufzuklauben. Jetzt verfügt man frei darüber, und man kann seine Eltern täglich mit der Erweiterung seines diesbezüglichen Wortschatzes erfreuen.

Eltern haben überdies ein Recht darauf, neben dem eigenen Gefühlsdurcheinander auch das der Kinder abzukriegen.

Man verbirgt es freilich besser vor ihnen, wenn man, wie Eltern das nennen, sexuelle Spielchen mag, also ein bißchen Katzbalgen und so.

Jungs haben jetzt diese geheimnisvollen Erektionen, wo sich das Anhängsel selbständig macht – da-

von sprich lieber nicht zu deinen Eltern, weil sie garantiert in Panik geraten. Denn nichts beunruhigt sie mehr, als wenn sie sich, bei diesem Thema, an ihre eigene Vergangenheit erinnern.
Besser ist es, du fragst bei der Hochzeit von Onkel Otto laut heraus, wann er denn nun seine Frau bestäuben werde. Dann haben deine Eltern ein Problem, und sie werden schleunigst nachholen, dich so gut es eben geht aufzuklären.
Das Eigentliche, also die seelischen Dinge dabei, werden sie erst gar nicht ansprechen oder nur höchst unzulänglich ausdrücken - mag auch sein, daß sie's selber nicht wissen. Und das Technische, um das mal so zu formulieren, weißt du längst von deinen

Mitschülern - mit deiner Frage nach dem Bienchen von Onkel Otto wolltest du das ja bloß vertuschen. Absolute Aufrichtigkeit in der Sache ist ohnehin von Übel - wie überhaupt zwischen Eltern und Kindern eine eher wörterlose Kommunikation gepflegt werden sollte. Grundrichtung: Ein entwaffnendes Lächeln bei mancher Elternerklärung und mancher Elternfrage ist häufig die beste Antwort.

Überragendes Wissen in allen Dingen der Technik bringt eine gewisse Herrschaftslegitimation, falls ihr versteht, was ich meine. Die Technik ist immer der eigentliche Punkt der Auseinandersetzung. Ich denke da etwa an den Dauerstreit übers Fernsehen. Mal wieder. Einerseits vermögen Eltern selten auch nur die Kanäle richtig einzustellen. Oder sie versuchen listenreich, wenngleich mit untauglichen Mitteln, das eine oder andere Programm einfach im Apparat verschwinden zu lassen - wie sie sich ausdrücken, um ihre Absichten zu verdunkeln.
Andererseits wird immer nur das eingeschaltet, was sie gerade sehen wollen oder was sie für lehrreich für dich halten, also beispielsweise Filme über Robben in der Arktis oder Seepferdchen in weiß nicht wo.
Jedes Familienmitglied braucht ein eigenes Gerät, das ist mal klar. Und außerdem ist wirklich nicht al-

Wenn du mich nicht hättest, Mama, wüsstest du doch gar nicht, wozu du da bist!

les, was da gesendet wird, für Eltern geeignet, besonders spätnachts.
Ich muß diese Dinge wieder und wieder ansprechen, weil Eltern geradezu fernsehsüchtig sind, ich meine: Sie können es nicht lassen, darüber zu zanken. Außerdem ist es ja wirklich so: Man muß im Fernsehen möglichst alles gucken, wenn man mitreden will. Und was Eltern dabei als Werbeunterbrechung diffamieren, ist in Wahrheit die reinste Information. Auch für die Eltern. Würde Vater sonst in seinem Schiesser-Feinripp und mit Adiletten auf der Couch hocken? Beck's Bier und so?
Überhaupt sollte mehr Gerechtigkeit einziehen in die Familienstuben - die Zeitschriften empfehlen Sendungen für sie und für dich. Sie gucken natür-

lich deine, aber darfst du ihre …? Also, da geht es doch wirklich ums Prinzip. Man soll einander den Willen nicht beschneiden. Basta! Außerdem heißt es ja nur »jugendfrei«, weil kein Jugendlicher sich das kindische Zeug anguckt.

Was heisst hier „ins Bett"?
Ich bleibe bis elf auf.
WETTEN DASS?

Ein kleines Wort noch zu jüngeren Geschwistern, falls du welche hast. Die Elternerziehung ist hier besonders kompliziert.

Einerseits wirst du deinen Eltern eine gewisse Gerechtigkeit, jedenfalls in den Grundzügen, beigebracht haben. Andererseits sind »die lieben Kleinen« äußerst lästige Bälger, die sticheln, dich zwikken und ärgern, sonstwie an deinen Rockschößen hängen und dich vor allem bei der kleinsten Kleinigkeit verpetzen. Klar, daß da manchmal der Geduldsfaden reißt und man einfach mal grob werden muß. Das ist nur zu verständlich.

Doch wenn die Eltern dann herbeistürmen, um Frieden zu stiften, wie sie sagen, läuft die Sache meist darauf hinaus, daß du alle Schuld in die Schuhe geschoben bekommst. Weil: Du bist doch schon so erwachsen.

Bedenke freilich, daß du auch ältere Geschwister haben könntest und du dann die Plage wärst. Eltern begreifen solche Zusammenhänge sehr schwer. Sie wollen ihren Frieden, und da ist ihnen die Gleichbehandlung aller oft ziemlich egal.

Nicht nur in diesen Punkten kann es geschehen, daß man in seinem Erziehungsbemühen hin und wieder verzweifelt oder gar auf die Idee kommt, daß die Eltern bei der Geburt vertauscht wurden. In der Wirklichkeit kommt das jedoch selten vor, so

Eine Notlüge
ist eine Notlüge
ist eine ?

daß einfach nichts anderes geht, als geduldig die Anstrengungen zu verdoppeln, zu vervielfachen. Es bleibt ja immer die Hoffnung: Spätestens wenn du aus dem Haus verschwindest und an der Art, wie du das tust, werden deine Eltern die ganze Sache in all ihren Ausmaßen begriffen haben. Ein Erziehungsziel, das man irgendwann immer erreicht.

Ich möchte meine Eltern gern verstehen – das ist der legitime Wunsch eines jeden Kindes. Wie man weiß, gelingt wahrlich nicht alles im Leben. Man muß es halt beharrlich versuchen. Und dies Buch wird dabei gewiß eine Hilfe sein!
Bücher, die *Eltern* benutzen, um sich Rat, Zuspruch und Trost zu holen für das aussichtslose Projekt, das sie Kindererziehung nennen, solche Elternratgeber also spiegeln ein merkwürdiges Bild von uns Kindern wider. Da kannst du zum Beispiel nachlesen, daß du in deinem derzeitigen Alter mit bedachtem Eifer in der Schule mitarbeitest, daß du entspannt bist und lässig und deine Zeit gut einteilen kannst. Jungs, heißt es da auch, unterscheiden sich jetzt (!) deutlich von Mädchen, letztere vor allem seien ausgewogener und verfügten über mehr praktische Lebensklugheit. Na, na. Aber alle zusammen seien jetzt zu kleinen höflichen Handreichungen in der Lage. Allein daran erkennt man den

Du hast schon wieder mein Zimmer aufgeräumt. Entschuldige dich wenigstens!

jämmerlichen Erkenntniswert der Erziehungsberater für Erwachsene.

Wie man Eltern zu kleinen höflichen Handreichungen bringt, bleibt das ewige Rätsel. Und sie sind eben doch sehr verschieden. Ob sie empfänglich sind für ungebärdiges Verhalten oder ob sie selber gern mit dem Fuß aufstampfen oder bei der kleinsten Gelegenheit losplärren, wirst du inzwischen herausgefunden haben.

Mehr und mehr kommt es nun darauf an, die Zunge zu wetzen und dadurch Verständnis und intellektuelle Aufnahmefähigkeit der Eltern zu schärfen, auch ihre Nachgiebigkeit dabei auszutesten. All das schafft man am besten durch Dauerdisku-

tieren, durch niemals nachlassendes Begründen - kurz: etwaige Widerstände der Eltern niederreden, wie sie's ja früher auch liebten und machten.

Ab deinem jetzigen Lebensalter allerdings sehen Eltern ihre Zeit irgendwie davonrennen. So neigen sie dazu, beim wechselseitigen Dampfablassen auszurasten und dergestalt straffällig zu werden, daß sie dir Backpfeifen androhen und dies auch in Untaten umsetzen - als ahnten sie, daß ihnen dergleichen nicht mehr lange möglich sein wird, zumal sie dich wahrscheinlich unlängst im Karateklub oder in Selbstverteidigungskursen angemeldet haben.
Also, wie gesagt - ein gewisses Dauersabbeln zermürbt sie am besten und friedlichsten. Schließlich verstehen einigermaßen erzogene Eltern jetzt ganz langsam Andeutungen. Und so reicht manchmal eine gespielte Gleichgültigkeit, um sie sanft darauf hinzuweisen, daß sie gerade mal wieder dabei sind, einige Grenzen zu überschreiten.
Mit anderen Worten: eine kecke Stirn.

Eltern auf die Palme

oder Frieden ist machbar,

Herr und Frau Nachbar

Eltern haben ihr Schulwissen meistenteils wieder vergessen, und darüber lassen sich prima Gespräche führen. Während man dir jahrelang die Sache mit dem Lehmkloß und Adam und der Rippe und so weiter erzählt hat, lernst du jetzt in der Penne, daß der Mensch vom Affen abstammt. Da ziehst du natürlich deine Schlüsse. Doch wenn du zu Hause deinem Vater damit kommst, wird er dich sehr wahrscheinlich schelten – »Du vielleicht«, wird er sich empören, »aber ich doch nicht!«

Laß dich da, wenn du eher friedliebend bist, niemals auf kleinliche Rechtereien ein – Eltern mögen es nicht, mit Erkenntnissen frisch vom Baum überrascht zu werden.

Sogar Latein ist manchmal einsichtsfördernd. Hieß es daheim nicht immer zeigefingermäßig *carpe diem*, dem sogleich und bedeutungsschwer dieses *Nütze den Tag* folgte? Und jetzt, beim Vokabelpauken, stolperst du drüber – es heißt *Pflücke den Tag*. Ich meine, das ist doch etwas ganz anderes.

Ob ich Papa den Aufsatz schreiben lasse – oder kriegen wir dann wieder eine fünf?

Die Entwicklung der Eltern nimmt immer verwickeltere Haupt- und Nebenzweige – ähnlich wie es in Auseinandersetzungen mit ihnen Haupt- und Nebenkriegsschauplätze gibt. Und nicht immer ist im Zentrum das größte Getöse.
Mit dreizehn hat man es nicht mehr nötig, Wut und Ärger einfach los-, einfach rauszulassen – jetzt reicht manchmal der schlichte Ton der Herablassung, um seinen Eltern Lebensanschauungen, Weltsichten, Gebote und all das beizubringen. Und sie dabei ganz gemütlich und nach Belieben auf die Palme zu treiben. Kurz: Du hast es hundertpro in der Hand.
Ich rede gar nicht mal von den Dauerkonflikten um Füllung beziehungsweise Leerung des Familienkühlschranks und: »Wer, verdammt noch mal, hat mir wieder mein Bifi weggefuttert?« Nein. Wenn die Eltern ganz allgemein gegen die freie Entfaltung deiner Persönlichkeit rebellieren, solltest du nicht weiter nach den Ursachen forschen und dich womöglich damit beschweren. Beschwere dich lieber über ihre herrscherlichen Possen und ihre Vorurteile. Eltern sind nämlich oft reichlich kindisch, wenn es um das Ein- oder Abhalten ganzer Forderungsorgien geht. Nimm's leicht. Das geht vorüber. Spätestens wenn du alleine lebst. Wann das sein wird? Also frag mich was leichteres.
Auch sind Vater und Mutter jetzt deutlich im Wan-

del begriffen, und manches Kind möchte ausrufen: Es sind ganz andere Eltern! Und sich zuweilen gar verstohlen die Frage stellen, ob all seine bisherigen Erziehungsbemühungen tatsächlich Früchte getragen haben. Anderntags denkst du dann wieder, dein Hamster pfeift. Nur Mut, es geht immer mal wieder bergauf.

Denn die psychische Entwicklung der Eltern geht

niemals kontinuierlich voran – sie kommt in unerwarteten, mehr oder weniger hübschen Päckchen an, zuweilen auch ganz unverpackt. Man soll einander nichts schenken, lautet denn auch das Motto solcher Elternphasen.

Ich muß unbedingt ein Thema anschneiden, das nicht alle, jedoch sehr viele alleinerziehende Kinder bis an die Grenze ihrer Belastbarkeit beschäftigt. Das ist das lästige Rauchen. Du hast ihnen ja schon häufiger beigebogen, daß es stinkt, und dir sowieso, doch solltest du dir rechtzeitig einige Argumente zurechtlegen, die deinen Eltern dabei helfen, dieses Laster abzulegen.
Gewiß, man könnte hart durchgreifen, in einen Generalboykott treten oder sie mit Launen in der Weise überziehen, daß sie sich fragen müssen, ob ihnen an einer guten Beziehung zu dir nicht mehr liegt als an dem blöden Paffen.
Wenn sie im Auto rauchen, könnte man zum Beispiel einfach zwischen die Sitze kotzen – doch sind das eher derbere Erziehungsmethoden. Viel feiner funktionieren all jene Gründe, die den Eltern unter Umgehung des Verstandes direkt ins Gewissen knallen und dort etwas auslösen, was man Schuldgefühle nennt (eine Sache, auf die Eltern normalerweise willig anspringen). Daß du passiv mitrau-

Ich soll mir Papa zum Vorbild nehmen – aber mir ist jetzt schon ganz schlecht ---

chen mußt, ist so ein Argument, besonders wenn du hinzufügst, daß dadurch dein Krebsrisiko um hundert Zähler steigt.

Daß Rauchen vielerorts verboten ist, wird weniger überzeugen, weil Eltern es mit Recht und Gesetz nie so genau nehmen - hat nicht dein Vater erst kürzlich damit geprahlt, kostenlos, also schwarz, mit der U-Bahn gefahren zu sein? Es gibt sogar Politikerinnen, die Wimperntusche und L'Oréal-Kosmetik einfach so mitgehen lassen, weil sie's sich wert sind. Auch bei Rot hast du schon den einen oder anderen Erwachsenen über die Kreuzung stiefeln sehen. Also Gesetze, nee, die achten sie nicht besonders.

Wenn ich's recht bedenke, werden auch Hinweise darauf, daß sie es doch gar nicht nötig haben, zu rauchen wie alle anderen, daß sie ja nur angeben wollen und schließlich stark genug sind, nicht jede Mode mitzumachen - also, die werden nicht ziehen.

Vielleicht, daß sie in ihrem Wachstum gehemmt würden? Aber nein, das ist ja ein Teil ihrer Raucherstrategie, denn wer sich's abgewöhnt, der wächst wieder, vor allem um die Hüften rum.

Ich denke, dir wird nichts anderes bleiben, als ihnen zu erklären, daß du aus Liebe und aus Solidarität zu ihnen nun auch rauchen wirst. Genau: He,

Alter, schieß mir mal 'ne Kippe rüber! Ja, das wird helfen.
Nur ganz nebenbei erwähne ich: Eltern sind für gewöhnlich mehrfachsüchtig. Gern heben sie einen, was sie dir freilich zu untersagen trachten. Sie naschen, na ja, vergiß es. Sie sind süchtig nach Harmonie wie nach Streit. Herrschsüchtig sind sie ohnehin, das ist schon schlimmer. Und - ach, ich geb's auf, das Elend aufzuzählen.

Man kann Eltern- wie übrigens auch Lehrerherzen erfreuen, und du solltest dir das öfter mal gönnen, wenn man anzügliche bis richtig ferkelige Witze erzählt und solche über die Ausscheidungsvorgänge - es gibt einen Grundschatz solcher Geschichten, die man sich normalerweise unter Gleichaltrigen erzählt. Doch auf geheimnisvolle Weise tauchen derlei Scherze bei jeder Generation wieder neu auf. Eltern und Lehrer werden gleichermaßen schmunzeln, nostalgisch vor sich hinbrummeln und schöne Gefühle dabei haben.
In dem Zusammenhang: Ein völlig überschätztes Thema ist, wie du ja hinlänglich weißt, die sogenannte Pubertät.
Ich muß dennoch einige Worte darüber verlieren, weil die Pubertät in der Vorstellungswelt der Eltern eine große Rolle spielt. Du mußt dir zuallererst ver-

deutlichen, daß du an den Problemen der Eltern mit deiner Pubertät keine Schuld trägst.
Damit ist der wichtigste Schritt zu einer friedlicheren Koexistenz schon getan, denn in ihrer posterwachsenen Sexualentwicklung werden sie sich allerlei vorurteilsvolle und verquaste Gedanken machen. Vor allem wird sie die Sorge treiben, daß du dich an deinem eigenen Geschlecht vergreifst. Ich meine das durchaus doppelsinnig: an deinem Geschlecht bei dir selbst und an einem Gleichgeschlechtlichen. Daß du herumspielst halt. Und daß die Doktorspiele deiner früheren Jahre mehr oder weniger eine, na ja, neue Stufe erreichen.
Auch deine vorwitzigen Familienspiele – je nachdem, mit Vater oder Mutter –, in denen du deine zu-

künftige Rolle erprobst, sind ihnen geradezu peinlich. Von dem Durcheinander in ihren Seelen will ich gar nicht reden.
Denn ihre Furcht - das wissen wir ja nun schon - richtet sich natürlich darauf, daß man alles genau so macht wie sie früher. Warum sie sich da ängstigen, versteht natürlich kein Mensch, aber so ist das nun mal bei Erwachsenen.
Mach dir weiter keine Gedanken darüber. Was sie das sinnliche Wachwerden deines Körpers nennen und die neuen intensiven Empfindungen und Gefühle - das ist bei ihnen ja seit Jahren eingeschlafen, buchstäblich verschüttet. So kann man wohl behaupten, daß sie dich ganz einfach beneiden um all das. Sieh es auch ruhig als einen Vorteil an. Was verstehen Eltern schon.
Die einzige Erziehungsaufgabe in diesem Bereich besteht also darin, daß man die Eltern außen vor läßt und nicht auf sie hört.

Eltern geraten jetzt in eine Etappe zahlreicher, vor allem emotionaler Verwirrungen. Sie scheinen mit sich und der Welt und also auch mit dir gar nicht mehr eins zu sein. Das alles hängt damit zusammen, daß sie sich ganz neue Kulturformen aneignen müssen. Nur Nachsicht, es ist nicht einfach für sie! So geben sie denn einerseits das Bild eines neugie-

rigen Forschers und Spähers ab, andererseits das eines ermittelnden Kommissars - was, wenn ich es recht bedenke, fast das gleiche ist.
Solche Tendenzen gilt es in normale und umgängliche Bahnen zu lenken und gewisse emotionale Zudringlichkeiten zu neutralisieren. Gelingt dir das nicht, lieferst du ihnen gleichsam all die Stichworte, aus denen sie sich dann deinen Lebensroman zusammenbasteln und dir täglich dessen skurriles Ende ausmalen, obwohl erst einige Kapitel geschrieben sind. Das kann einen natürlich ganz schön zermürben.
Selbst wenn sie es beargwöhnen werden, mußt du dich ihnen in dieser Zeit entziehen, zum Beispiel in deine Gemächer, bei dröhnender Musik wieder mal - so reichst du ihnen wenigstens deine Stimmung durch die Tür.
Da in dieser Zeit auch die Anpassungsfähigkeit der Lehrer und Lehrerinnen deutlich abnimmt - sie reagieren gern genervt -, bist du also ziemlich auf dich gestellt.
Und alle nur denkbaren Knutschpartner erweisen sich ebenfalls als recht sperrig. Da wird es einem keiner verdenken, wenn man mal die Geduld verliert.
Die Ablösung und Emanzipation der Eltern und Lehrer von den Kindern ist ein schwieriger Prozeß

Toll, dass du in deinem Alter noch kein einziges graues Haar hast!

für alle. Und Enttäuschungen bleiben nicht aus, zumal sie in eine Art Dauerkritik an dir verfallen, die von Wiederholungen nicht frei ist und dir allein deshalb auf den Geist gehen muß.
Die Erklärung für all das Ungemach liegt schlicht darin, daß die Erwachsenen mittlerweile so vergeßlich geworden sind. Sie erinnern sich, was sie selber angeht, an dergleichen einfach nicht mehr. Das Alter ist es und ihre Ahnung, daß es nun mit ihnen nur noch bergab geht.

Die Erziehungsaufgabe an den jetzt gar nicht mehr so Großen steht in einem größeren Zusammenhang, als man auf den ersten Blick vermutet. Doch wird das auf Anhieb klar, wenn ich erkläre, daß sogar der Wirtschaftsminister, die Post-Regulierungsbehörde, die Telekom, Arcor, Mobilcom und wie sie alle heißen, darein verwickelt sind.
Deine Ermahnungen an die Adresse der Eltern, sie sollten nicht so viel telefonieren, und deine ultimative Forderung, sie sollten sich (oder dir) gefälligst ein Handy anschaffen, haben, so vermute ich mal, nicht viel gebracht.
Also wirst du bei deinen Gesprächen mit Freunden weiterhin gestört. Oder du bist erst gar nicht zu erreichen, weil deine Eltern ungerührt und stundenlang ausgerechnet am Telefon über das unwichtig-

WIR haben ganz gemütliches Wetter. Kannst herkommen, wenn's bei dir so scheusslich ist!

ste Zeug quatschen müssen. Und du steigst von einem Fuß auf den anderen und bist völlig abgeschnitten von der Welt und all den lebensnotwendigen Informationen.
Zu den Auseinandersetzungen darüber kommt noch der allmonatliche Knatsch, wenn Papa die Telefonrechnung zu bezahlen hat. Nun wird zwar immer behauptet, Telekom, die machen das, aber die machen das eben nicht. Wie ein Naturereignis lassen die ihre Rechnungen in den Briefkasten zischen, und schon ist wieder mal ein Tag gelaufen - der im übrigen ohnehin gelaufen war, weil die Mutter, kühl bis ans Herz hinan, die Leitung besetzt hielt und sich verschwenderisch einer Freundin widmete, die das Problem hatte, daß ihre Kinder - ach, egal.
Diesen Konflikt sollte man tatsächlich wie ein Gewitter mit Blitz, Sturm und Hagel über sich ergehen lassen. Es kommt nur darauf an, wer als erster den Hörer in die Finger bekommt und wer bei der Angelegenheit blitzt, stürmt und hagelt.
Außerdem braucht jeder seine eigene lange Leitung, das fandest du ja schon immer.

Die Charakterstruktur der Eltern läßt sich nun auch vor allem dadurch bereichern, daß man sich zur Politik allerlei eigene Meinungen zulegt - je nachdem: der Trittin ist zickig, aber Joschka schafft das,

oder Stoiber - find ich doof, und alles Schäuble oder was.
Vorteilhaft ist, wenn du dir gleichzeitig einen ganz anderen Lieblingsfußballklub erwählst als dein Vater. Man weiß ja zum Beispiel, daß es was ganz besonderes ist, in der BVB-Bettwäsche zu schlafen statt in Vaters FC Hollywoodkram.
Und falls du ein kluges Mädchen bist, wirst du dir eine Boygroup ausgucken, bei der deine Mutter nicht unbedingt mitkreischen muß - ich rate also

von den Wildecker Herzbuben ab. Zu all solchen Dingen des Lebens müssen Eltern Gelegenheit bekommen, ganz eigenständige Vorurteile zu pflegen.

Langsam, ganz langsam beschreiten deine Eltern dank deiner selbstlosen, vierzehn- bis fünfzehnjährigen Anleitung und Hilfe den Weg einer gewissen Selbstfindung. Der rasche, konfliktreiche und in ständigem Wechselbad verlaufende Prozeß ihrer Eingliederung in die jugendliche Gesellschaft strebt einer gewissen, ja, doch, Vollendung entgegen. Sie ahnen und formulieren durchaus, daß nicht viel bleibt, als den Dingen ihren Lauf zu lassen.

Es sollte ja immer alles so schnell gehen. Jetzt tritt eine teilweise Ruhe ein, die jedoch trügerisch sein kann. Sicher ist nur: Sie ist dynamisch.
Immerhin werden ihre unvorhersehbaren Ausbrüche von Besitzwahn (»Warum hast du schon wieder meinen Pullover angezogen«) und Krisenfreude (»Jetzt ist aber mal Schluß mit deinem ewigen Egoismus«) seltener, moderater - mit einem Wort überstehbar.
Auch der Eltern Strafehrgeiz nimmt eher ein wenig ab. Ihr Respekt - Frucht deiner Bemühungen - dagegen wächst, und ihr Ton wird weniger schnippisch. Manche ihrer schwer verständlichen Narreteien, zum Beispiel deinen Klavierunterricht, haben sie sich - wie sagt man? - abgeschminkt, in die Haare geschmiert, von der Backe geputzt.
Das alles entspannt auch dich ein wenig, und aus dem Katalog deiner Erziehungsmaßnahmen kannst du deren gröbere vorläufig streichen. Die Mütter und Väter lassen sich, reif wie sie jetzt sind, durchaus mal dadurch beeinflussen, daß man einen Flunsch zieht, die Backen aufbläst oder dergleichen.
Eltern, sind sie richtig angeleitet, beginnen nun zunehmend, ihren Denkapparat zu benutzen - das ist gewiß noch sehr unvollkommen und roh, aber immerhin. Sie denken zum Beispiel, du könntest deinen Pflichten noch gewissenhafter nachkommen.

Sie denken, du könntest ruhig mal pünktlich zu Hause sein abends. Sie denken, daß du endlich was anderes anziehen solltest als deine zerfetzten Jeans, die du grad fetzig findest. Sie denken auch, nach wie vor, daß du mehr im Haushalt helfen könntest, obwohl der dich ja immer weniger angeht. Und nicht zuletzt denken sie, daß deine Schulzeugnisse besser zu sein hätten.

Alle diese Denkfiguren sind Einübungen und Vorformen ihres eigenen Erwachsenwerdens. Eine noch blasse Vorahnung ihrer Vervollkommnung als Mensch und Normalbürger. Ich meine, daß sie das ablegen.

Und da du sie gleichzeitig immer weniger in dein Seelenleben wirst blicken lassen, strebt die Sache auf eine Art Waffenstillstand zu.

Ein Konflikt wird bleiben, sich sogar noch verschärfen – der ums Taschengeld. Sie werden dir ja niemals genug geben.

Da du bestimmt nicht zimperlich sein wirst, findest du bald heraus, daß sie es geradezu lieben, sich mit ein paar faustdicken Lügen abspeisen zu lassen, wenn sie wieder mal der Meinung sind, sie seien dir auf irgendwelche Schliche gekommen. Welche Schliche denn bloß? Ach, schleicht's euch. Im übrigen wißt ihr ja, daß eine robuste, starke Ausdrucksweise immer äußerst erziehungsfördernd ist.

Er bekommt zu wenig Taschengeld!

Mit sechzehn, siebzehn, hat der große Reformpädagoge Udo Jürgens gesagt – oder war es doch Udo Lindenberg? Udo Lattek? Egal! –, irgendein Udo hat gemeint, in dem Alter sei der Mensch zivilisiert.
Lange habe ich gerätselt, habe nachgedacht, geforscht, mich bei Gleichaltrigen umgehört, was Zivilisation sei. Aus all den Antworten habe ich eine kleine, interessante Liste zusammengestellt, was alles zur Zivilisation gehört.
Also, *Ausreden und Lügen* zum Beispiel, ich erwähnte das ja bereits. Es ist immer wieder die gleiche Geschichte von Tante Bettys Kleid, das ihr doch angeblich so gut steht, oder die Sache mit den Absagen von Verwandtenbesuchen wegen Krankheit.
Dann gehören sicher *Tischsitten und Kleidung* da-

zu – beide haben in den Augen der Eltern ordentlich und sauber zu sein. Kennst du ja.
Zivilisiert bist du ganz eindeutig, wenn du im Straßenverkehr auch die Zeichensprache beherrschst,

wie *Vogelzeigen* oder *Stinkefinger*, und wenn du möglichst viele *englische Wörter* in deine Rede pressen kannst.

Wenn der PC abstürzt und Vater flucht, vom Heil'gen Doppelweckle bis zu Sch..., ja, schön ist das, und zivilisiert.

Rauchen und Trinken gehören unbedingt zur Zivilisation, wie auch der *regelmäßige Zahnarztbesuch* (ich sage nur Zahnspange!) und was nicht noch alles. Überhaupt *Familienleben*, das *ist* Zivilisation. Man sieht dies am besten, wenn die Eltern gemeinsam mit ihren Geschwistern etwas erben – also *Hader und Zank*, ja, das eben.

Dann *Status*, der Status, wie er sich im *Auto*, im *Wohnen* und im *Eigentum* ganz allgemein ausdrückt.

Und Politik nicht zu vergessen, und die Kriege in der ganzen Welt, von denen du tagtäglich lesen kannst. Ja, das alles ist Zivilisation.

Ich weiß nicht, wie ich drauf komme, aber mit Kindheit hat Zivilisation nur sehr am Rande zu tun. Vielleicht hängt das damit zusammen, daß die Eltern den Platz in ihrem Kopf, den das Kind bislang ausgefüllt hat, langsam doch wieder mit anderen Dingen bestücken, weil das Kind für ihren Kopf mittlerweile zu groß geworden ist. Die einen Eltern lassen nun diesen Raum irgendwie leer oder

fragen sich, was sie da hineintun könnten, die anderen aber - genau, das sind die mit der Zivilisation. Zivilisation ist wohl auch, daß wir nach Zentimetern gemessen, in Pfund und Gramm gewogen werden, unser Alter nach Tagen, Wochen und Monaten gezählt wird, jedenfalls anfangs. Aber wenn wir nach den Metern, Kilos und Jahren unserer Eltern fragen, reagieren diese nicht oder gereizt oder peinlich berührt. Dabei kommt es doch auf die Heldentaten an, nicht die eingefahrenen Bahnen. Und daß einer, also ein Erwachsener, ganz kindische Spiele zu spielen vermag.

Das ist es: Stets sei alles neu und bunt und brummelnd, wie das *Chaos* deiner allerersten Tage. Da ist es wieder, das schöne Wort, das euer aller gemeinsames Leben begleitet.

Und irgendwie, ist das nicht auch Zivilisation?

Bereit zum Abflug

– UND NUN?

Eltern sind schon ihres zeitlichen Vorsprungs wegen immer altmodisch, antiquiert: aus dem vorigen Jahrhundert. Das drückt sich auch darin aus, daß deine Mutter dir ihren Lippenstift streitig macht, sogar ihre Pumps und Strapse, seist du nun Mädchen oder Junge. Im ersten Fall wird sie sich normal empören, im anderen in eine Art Angststarre verfallen.

Doch geh du nur deinen eigenen Weg – sie müssen es ja ebenfalls lernen. Und dank deiner werden sie's schaffen.

Viel Kraft muß man jetzt darauf verwenden, seinen Alten konsequenteres Disputieren beizubringen. Es macht Spaß und schärft den Verstand. Den werden sie irgendwann brauchen, und man fördert so eine ihrer vernachlässigten Anlagen.

Früher neigten sie dazu, dergleichen einerseits zu übertreiben ohne Ende, andererseits jäh mit einem »Schluß jetzt, keine Widerrede!« oder einem »Halt die Klappe!« zu beenden. Die neu zu erlernende Kulturtechnik wird sie zugleich motivieren, sich in dieser Weise auch aufeinander zu konzentrieren – und das lenkt gottlob sehr von dir ab.

Die tiefgreifenden Wandlungen der Eltern in diesem Lebensabschnitt führen immer wieder mal zu Spannungsentladungen, die aber unterm Strich Balsam für ihre Seelen sind.
Um keine Fehler zu machen, muß man ihre Struktur verstehen. Sie sehen in ihren melancholischeren Zuständen all ihre Felle davonschwimmen. Sind sie dagegen eher euphorisch gestimmt, machen sie dir Vorschläge, die du nur durch geschicktes Taktieren aushebeln kannst. Um dich nicht mit deinen Kumpels allein zu Hause zu lassen, fordern sie dich etwa auf, die Ferien mit ihnen auf Mallorca zu verbringen. Balla balla und so.
Und dann schelten sie dich scheinheilig, wenn du ihnen in deiner übergroßen Güte anbietest, auf die heimatliche Wohnung aufzupassen, damit sie ihre Freizeit unbeeinträchtigt von allen Sorgen genießen können.
Im Ergebnis wird's wahrscheinlich wieder mal Knatsch geben, und es ist völlig offen, ob du wirklich mit ihnen am Strand vergammeln mußt und dir dabei einen mächtigen Sonnenbrand holst.
All solche Schwierigkeiten liegen aber nicht an dir persönlich, auch nicht an ihnen, sondern schlicht daran, daß Eltern und Kinder ganz grundsätzlich nicht zueinander passen, und schon gar nicht mehr in diesem Alter.

Und nun schön wachsen!

Im gleichen Atemzug betonen sie, wie erwachsen und selbständig du geworden bist, und möchten doch alles vermeiden, was sie in ein falsches Licht rücken könnte. Am Ende deiner Erziehungsversuche läuft die Sache auf einen einigermaßen versöhnlichen Aspekt hinaus: Sie wünschen sich, daß du sie so siehst, wie sie zwar nicht wirklich sind, Gott behüte, sondern wie sie gesehen werden wollen. Und den Gefallen kann man ihnen doch ohne weiteres tun. Vielleicht kommen sie mal selber drauf, später.
Die feineren Schattierungen des Fühlens bleiben den Eltern ohnehin auf ewig verborgen. Einige Reifemerkmale indessen entdeckt man schon, wenn man genau hinschaut.

Ihre rund sechzehnjährige Sorge um dich hast du hoffentlich in eine ordentliche Versorgung verwandelt. Und man muß Ansprüche stellen, damit sie sich weiterentwickeln können. Ich denke, ein stets voller Kühlschrank und deine Zigarettenmarke vorrätig - das muß schon drin sein. Ach ja, Schokolade in einem allgemein zugänglichen Versteck gehört unbedingt dazu.
Doch das sind Nebensächlichkeiten. Selbst von der Schule schweigen wir jetzt, denn entweder hast du sie schon hinter dich gebracht, oder du

büffelst dich noch zum Abschluß voran - kurz, du sitzt ziemlich zwischen allen Stühlen.
Die Eltern sind jetzt soweit, ganz klare und durchdachte Zukunftspläne zu akzeptieren. Sie brauchen das sogar, um immer mal wieder aufkeimende Lebensängste zu bewältigen.
Also behaupte ruhig, du wollest Jura oder Betriebsdingsda studieren, noch besser Technotronics - da wissen sie wenigstens nicht, um was es sich handelt, aber es klingt so verheißend. Du kannst dich ja immer noch der Südarabistik widmen, denn das Portemonnaie deiner Eltern sowie die prall gefüllten Bafög-Kassen geben allemal mehr her, als beide grummelnd behaupten. Ziele braucht der Mensch - das ist eine Erkenntnis, die den Eltern auf Anhieb einleuchtet. Also bediene sie damit.
Das eigentliche Geheimnis bei alledem lautet: Deine Wünsche und Vorstellungen in die der Eltern so einzubringen, daß diese, also die Elternwünsche, nicht mehr so bleiben, wie sie waren, sondern deine eigenen Ideen gleich mitenthalten.
Hoffentlich war das nicht zu kompliziert. Anders ausgedrückt: Sie sagen eine Meinung - sieh du das als unfertigen Text, an dem man feilen muß, bis er sitzt.
Die Kunst, das Leben zu meistern, lernen Eltern in den seltensten Fällen. Jedoch kann man vieles da-

Taschen-
geld-
erhöhung

zu beitragen, wenn es einem gelingt, ihnen gewisse Grenzen aufzuzeigen. Dazu gehört Abstand und Toleranz und reichlich Geduld, wie mehrfach gesagt. Sie sollten halt keine gar so perfekten Pläne machen.

Das ist schwer, weil sie ihr Leben lang fast nichts anderes getan haben. Und außerdem lieben sie die kleinen und größeren Enttäuschungen, die daraus wieder und wieder ersprießen. Was einmal sein wird, was aus dir mal werden wird - sie malen sich das aus. Auch wie sie manch verlorene Stunde nachholen werden, später einmal, dermaleinst ... Alle Grenzen, so phantasieren sie, werden sie überschreiten.

Doch während sie ihrer eigentlichen Lebensmittelkrise schlafwandlerisch sicher entgegenschleudern, ohne das zu ahnen, kannst du sie schon mal auf die Wirklichkeit hinweisen, auf ihre Versäumnisse, Nachlässigkeiten, na, all das. Dazu gehört, daß man ihnen keinerlei Freizeitbeschäftigungen und Hobbys erlaubt, mit denen sie den Rest ihrer Tage bloß verdämmern würden.

Vor allem achte darauf, daß sie nicht beginnen, Obst und Gemüse einzukochen beziehungsweise zu Marmelade zu verarbeiten. Den Rest *deiner* Tage würdest du Konserven geschickt bekommen, die aufzuessen du nicht in der Lage bist und die wegzuwerfen den Mut du nicht besitzt. Also Grenzen muß man ihnen setzen. Das wollte ich ja eigentlich sagen.

Die Eltern werden zunehmend in eine Art aktiven Winterschlaf verfallen. Die biologischen und emotionalen Vorgänge in ihnen scheinen sich langsamer zu vollziehen (obwohl sie selber das genau umgekehrt erleben, komisch). In ihrem Vorstellungs-

horizont taucht manchmal die vage, ferne Frage auf, wie sie sich ihr Leben werden einrichten können, wenn du erst einmal aus dem Haus bist. *Daß* dies geschehen wird, ist mehr oder minder ausgesprochen klar. Selbst wenn es da so Zwischenlösungen gibt, weil immer mehr Jugendliche dem schönen Wahn verfallen, das *Hotel Mama* sei eigentlich gar nicht übel.

Denn auch der Eltern Innenbesichtigung gaukelt ihnen unbequeme Bilder vor: Keiner hält sie auf Trab, plötzlich stehen sie einander gegenüber und müssen sehen, wie sie sich (und vor allem, über was sie sich) unterhalten. Du wirst sie als Thema zwar weiterhin begleiten, aber du wirst doch weniger präsent sein, stellen sie sich vor. So was macht angst.

Du selbst malst dir das allenfalls in wilden Wunschträumen aus, doch solltest du gewärtig sein, daß sie sich deiner auch fürderhin zu bemächtigen versuchen. Wie du auch deinerseits vieles tun kannst – doch das ist Zukunftsmusik. Ich meine, hast du einmal darüber nachgedacht, was geschehen wird, wenn kein Vater, keine Mutter dich mehr annörgeln? Wenn das ein Gleichaltriger ist, der dich kritisiert? Denn dagegen wirst du dich ja anders wehren müssen, als bislang bei den Eltern eingeübt.

Mit einem Wort, die Sache läuft darauf hinaus, daß

du, deiner Erziehungsaufgabe bei den Eltern vorerst entledigt, dir neue Betätigungsfelder suchen mußt. Sie haben sich bemüht, dich zu bemuttern, zu bevatern - du dagegen hast sie souverän bekindet. Und nun? Vielleicht findest du ja Freund oder Freundin, die du erziehen mußt, oder Hochschullehrer, Meister, Abteilungsleiter, Chefs. Es ist ein weites Feld, das da vor dir liegt und in das du all deine erzieherischen Erfahrungen gerne einbringst. Wenn ich es recht bedenke: eine Lebensaufgabe.

Was ist eigentlich das Ziel deiner Arbeit als alleinerziehendes Kind? Du willst vermeiden, daß deine Eltern Neandertaler bleiben wie die meisten. Das sagte ich anfangs. Aber was noch?
Du selbst brauchst Augenmaß, Umsicht, Einfühlungsvermögen und ein stets ausgeglichenes Wesen, auch Sinn für Humor, denn wie leicht übertreibt man im Eifer der Alltagsgefechte – Dinge, die sich bereits nach kurzer Zeit als belanglos herausstellen. Wie viele Probleme der Eltern wachsen sich nicht von alleine aus!
Dann kommt noch einiges hinzu. Sie sollen anpassungsfähig sein, denn sie sollen dich ja in allen deinen Launen, auf allen deinen Wegen verstehen und bejahen. Also richtiggehend strapazierfähige Eltern – das wär's! Dazu sollen sie geistig beweglich sein, einen Sinn für den richtig falschen Moment entwickeln und dich immerdar mit dem nötigen Kleingeld versorgen.
Nicht sollen sie dauernd die große Keule schwingen, nein! Dann wären wir ja schon wieder im Neandertal gelandet.

Die allgemeine Unabhängigkeitserklärung wirst du zwar noch nicht endgültig abgegeben haben, aber die Sache steht euch allen bevor. Anfälle von Rivalität um deinen Führungsanspruch und Ausbrüche

von Tyrannei kommen immer wieder vor, doch verblassen solche Kinderzimmergespenster, weil die Eltern mittlerweile recht gut spuren.
Bedenke, was ihr alles überstanden habt, und daß man ja immer guten Willens war, aus den Eltern bessere Menschen zu machen. Elternerziehung ist freilich selten mehr als ein andauerndes Krisenbewältigungsprogramm.

Daraus kann man doch einiges an Kraft ziehen - zum Beispiel, wenn Eltern sich selbst bei deinem hohen Alter einfach nicht abgewöhnen wollen, *die lieben Kinder* immer noch so zu benamsen.
Und du wirst ja ebenfalls Schwierigkeiten haben, die Produkte deiner Erziehung als ganz normale Menschen zu betrachten.

Manche Eltern geraten übrigens in ein neues Trotzalter - *den Bock,* wie man das nennt. Deshalb wahrscheinlich hast du gerade null Bock - klar, den haben ja sie. Einige Elternexemplare werden geradezu draufgängerisch, wollen tun und lassen und reden und meinen, was sie wollen. Man kennt das, ausgiebig.
Neuere psychologische Erkenntnisse besagen, daß man sie da ins Leere laufen lassen soll, denn einmal müssen sie ja ohne deine intensive Anleitung allein zurechtkommen.
Soweit also alles einigermaßen gut? Okay, dann reden wir jetzt darüber, was du von daheim noch brauchst außer mehr Geld und mehr Freiheit.
Daß Mutter ihre Imbißstube in der Küche und das Waschservice-Center im Keller am Laufen hält, versteht sich wohl von allein. Aber sonst?
Den sicheren Hafen, den alle so loben, nein, den nicht, denn du bist gerade beim Ablegen. Und ob der

Hafen so sicher war, ist eine Frage, die du laut stellen darfst. Ganz im Gegenteil wirst du als kluges Kind nach all der engen Nähe der letzten Jahre den Eltern auch mal eine gewisse Entfernung gönnen.

Ein schwieriger Balanceakt! Ihre Entscheidungsfreiheit hast du immer gefördert - doch die Aussicht, sie könnten dir deinen Wechsel streichen, bloß weil du nach dem Abitur erst mal für ein, zwei Jährchen in Asien leben willst, Thailand und so, die nervt. *Diese* Distanz ist ihnen wieder zu groß, obwohl sie andererseits da selber immer hinfahren, nach Poona und Rishikesh und wer weiß, wohin noch. Ihr Ich anzugucken, pah!
Du willst nichts versäumen, aber versäumst womöglich dich selbst - dieser schlaue Satz stammt nicht von mir, sondern von dem großen Kind Erich Kästner. Doch keine Angst, *das* bleibt das Dauerdilemma gerade der Eltern.

Trotz all der heutigen Aufklärung - Beratungsstellen für alleinerziehende Kinder gibt's leider immer noch nicht. Den Eltern dagegen steht ein ganzes Arsenal von Hilfen zur Verfügung - und sie scheinen es auch nötiger zu haben. Was da nicht alles angeboten wird: vom Selbstfindungs-Weekend bis zum Sinn-Häkelkurs in Umbrien tut sich kaum eine Lücke auf. Da es sich dabei freilich bloß um Schadensbegrenzungen handelt, gehen derlei Elternaktivitäten durchaus in Ordnung. Ach ja, die Urschrei-Terapie gehört unbedingt dazu.
Wenn deine Eltern dir ziemlich alt vorkommen und

du dir ziemlich mündig, dann liegst du unbedingt richtig. Ihre Flexibilität läßt nach, die meisten ihrer Hoffnungen hast du hoffentlich gehörig gezaust. Die zunehmenden Nervositäten zwischen deinen Eltern sind nur die Vorboten dessen, was noch auf sie zukommen wird ohne dich. Mit einem Wort: Du bist und bleibst ihr Mittelpunkt.

Und war das nicht das Ziel all deiner Erziehungsanstrengungen? Na also.

Sonnige und düstere Tage wechseln einander ab – wer wüßte das besser als du. Es scheint auch Zeiten und Jahre der Gefühle zu geben. Die der Eltern werden jetzt eher gedankenschwer, eine trübe Jahreszeit, melancholisch fast, denn bald heißt es Abschied nehmen: Das war dann deine Kindheit.
Aber das war's noch lange nicht. Wenn du alles gut gemacht, die Eltern richtig erzogen hast, wird dir eine gewisse Sympathie – ich rede gar nicht mal von Verständnis – für ihre Situation nicht verwehrt geblieben sein. Doch erschrick dabei nicht: Es ist, als habe man einen Blick in eine andere, eine ferne, fremde Welt geworfen. Und beruhige dich nur damit, daß du – erwachsen – bald Kinder haben wirst, wer weiß. Und die erziehen dann dich. Dieses Werk deiner Vollendung ist nun ihnen aufgegeben.
Wie das ausgehen wird? Daß du ein vollendeter Neandertaler wirst? Ich hoffe doch nicht!

Weiterführende Literatur

Winnie Wedel
Der Hund und sein Mensch
Wie man Zweibeiner erzieht

Felizitas Schnurre
Die Katze und ihr Mensch
Wie man Zweibeiner erzieht

Beide im Mosaik Verlag, München

auch als Hund muss
man Zweibeiner erziehen!